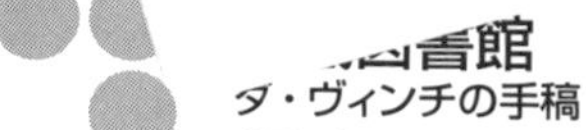

ダ・ヴィンチの手稿

金子ユミ

ポプラ文庫ピュアフル

目次

contents

その男の死を知るものはほとんどいなかった。
男は路傍の石ころのように、誰からも忘れ去られていた。

彼が男の死を知ったのは、ニューヨークにある自宅に死んだ男からエアメールが届いたからだ。手紙は彼がエージェント契約を結んでいるオフィスにまずは届き、そこから転送されてきた。

死の間際に男が出した一通の手紙。ボールペンで書かれた宛名は乱れて見えた。彼は急いで封を切り、無造作に折りたたまれたノートの切れ端と思しき便箋を開いた。

そして書かれている一文を見て、驚愕に顔を歪めた。

――あの〝本〟は、日本の『最重要秘匿帝都書庫』……『水底図書館』にある――

『ノストラダムスの予言集』

〜希望〜

きらきら輝く豪奢な本を立てて並べたような景観だ。ここはそんな巨大な数多の本に見下ろされた場所。

東京駅。

灘未森は日本の中心に御座す皇居を背に、丸の内中央口前の駅前広場に立った。行幸通りを間に挟んで隣り合う丸の内ビルと新丸の内ビルのほぼ真ん中に立ち、その男を待つ。地の底の闇から抜け出てきたような漆黒のスーツ姿は、厳かな彫像のようにも見えた。

平日の午前十一時、広場には首に身分証を下げた勤め人、楽しげな観光客の姿が入り交じっていた。柔らかい陽光に、東京ステーションホテル専用のロータリーを絶え間なく行き来する車の音が溶けている。ほかの街であればうるさく感じる音も、ここ東京駅前広場では、耳朶に吸収されるより先に周囲のビルや木々の間で分散して、程なく霧散してしまう。喧騒というより、快活。そんな言葉が似合う場所だ。

すると、東京駅舎と一体化しているホテルのフロント出入り口から高齢の夫婦と単身の女性客が出てきた。創立時の建物の一部が文化遺産として展示されているほどの歴史あるホテルながら、広場に面した自動ドアの入り口は意外にも小ぢんまりとしている。観光客と思しい夫婦はそれぞれ膨らんだ旅行鞄を提げ、女性は大きい銀色のスーツケースを引いていた。そんな彼女らの背後から、目当ての男が出てきた。やはり銀色のスーツケースを引いている。その姿を確認した未森は、ゆっくりと足を踏み出した。

歩み寄る未森を見た男の瞳が一瞬揺らいだ。けれど微細な動きは肌の下にすぐ溶けてしまう。が、そのわずかな変化すら見逃さず、未森は男の前に立った。男の背丈は百七十五センチある未森の身長とほぼ変わらなかった。目と目が真正面からぶつかり合う。

「カレブ・ホールさん。何かお忘れでは」

流暢な英語で問う。ホールと呼ばれた男は戸惑った表情を作った。

「申し訳ないが人違いでは？　私はホールなどという名ではありません」

「まさか。私がつい先ほどまで応対していたＩＣＰＯアメリカ支局のカレブ・ホール氏の髪色はダークブラウン、瞳はハシバミ色でございました。今のあなたとはまったく違います。人違いするわけがございません」

まるで矛盾した言葉が、未森の唇から迷いなく出てくる。実際、男の髪と顔の下半分まで覆う髭が黄金色、瞳の色は青だった。眉をひそめた男に構わず、未森は続けた。

「髪と目の色、体型を変えればごまかせると思いましたか？　今も少し肥満した体型に見えるよう、詰め物をした服までお召しになっておりますね。ですが」

すっと一歩踏み出し、未森が男の眼前に立つ。獲物を狙うネコ科の獣のような足取りだ。音がなく、素早い。男が息を呑む前に、白く長い指先がその喉仏を指し示した。

「現代の技術では、虹彩、指紋ですら偽造できるといいます。が、ここ。喉仏はなかなかごまかせないものでございます」

「……」

「喉仏の大きさ、動き、しわの寄り具合……それらも千差万別です。我々の目はごまかせません」

手入れされた未森の爪の先が、硬直する男の喉元に突き付けられる。その喉仏が大きく上下した。

「〝笑う猫〟」

男の目元がぴくりとうごめく。未森はそんな男に向かい、ゆっくりとささやいた。

「広場はすでに本物のICPOの捜査員が取り囲んでいる。あんたが化けたカレブ・ホール本人もいる。さあ、図書館から持ち出した本を――」

ふと、未森は口を噤んだ。強張った男の表情から緊張が抜けたせいだ。男は未森をまじまじと見ると、大げさに首を振った。

「何か勘違いなさっているようだ。疑いが晴れるのであれば、手荷物検査もやぶさかではない。が、この尋問や拘束が間違っていた場合、私はあなたを名誉棄損で訴えるが、その覚悟はよろしいかな？」

「――」

　今度は未森のほうが黙る番だった。頭脳をフル回転させて考える。

　この余裕の態度はなんだ。スーツケースの中に自分が求めるものはないのか。男が図書館を出てから今まで、たとえ化粧室の中であろうと第三者と一切接触していないことは分かっている。それなのに、この中にないとしたら――

「……スーツケース」

　日本語でつぶやいた。記憶のどこかに引っかかるものがある。

　銀色のスーツケース。やけに似たものを見た。いつ？　たった今だ。

「！」

　先に出てきた単身の女性客！

　とっさに走った。ホテル入り口の左手にある駅舎の正面玄関前を過ぎ、中央口に飛び込む。が、見回しても彼女の姿はなかった。しまった！　外に飛び出し、さらに隣接する丸の内北口前の階段を駆け上がった。ドーム状の天井が頭上高くにある駅舎ホールをぐるりと見回し、息を吞んだ。

駅舎に併設されているステーションギャラリーに女が入ろうとしている。「待て！」未森が叫んだ時だ。

「ハーイ！　マドモアゼ～ル、ナイスチューミーチュー！」

なんとも胡散臭いカタカナ英語がホールに響いた。女性がぎょっと足を止める。

長身の男が満面の笑みを湛えて女性に歩み寄った。彼女の身体に直接は触れないものの、長い脚をさりげなく開いて進路を遮る。さらりと着こなしたダークグレーのスーツが、浮世離れしたスタイルの良さをさらに引き立てていた。また目立ちやがって。未森は内心舌打ちする。

「お嬢さん。今日のコーディネートにそのスーツケースはまるで合っていないなあ。あなたのように美しい方が、チョイスを間違えてはいけないよ」

「はあ？　か、関係ないでしょ？　どいてください！」

「アイラインのカラーも、ネックレスも、靴も。ボルドーカラーを基調としたコーディネートにぴったり調和している。だからこそ、そのスーツケース、浮いてるよ」

「ちょっと、しつこいって――」

「言ったでしょう？　チョイスを間違えてはいけない……人生のね」

突然低くなった男の声音に、女が硬直した。そんな彼女の耳元に顔を寄せ、男が低くささやく。

「君の恋人に運び屋の役目を頼まれたんでしょ？　ホテルのフロントにいる外国人のスーツケースと、用意されたまったく同じスーツケースを交換してホテルから持ち出す。そしてこのギャラリーの中で待ち構える男に渡す。ただそれだけで、報酬は百万」

「……」

「ダメだよ。こんな話、怪しいと思わなくちゃ。だけど君も恋人も、下請けの下請け、そのまたさらに下請けだもんね。どんな組織のためにこんなことをしているか知らないよね。ところが残念ながら、ヤツらは末端なんか人だと思っていないんだ。このたった数十メートルのお使いで、君は行方不明になるところだったんだよ？」

女の顔が一気に青ざめた。それを見た男が憐れむような笑みを浮かべる。容貌が整っている分、なんとも癪に障る表情だ。傲慢な慈悲。そんな相反した言葉が未森の中に浮かぶ。

ふいと男が顎をしゃくった。とたん、ホールの隅で影のごとく控えていた四人の男がいっせいに歩み寄った。うち三人がスタッフを素通りしてギャラリーの中へ（事態をすでに申し伝えていたのであろう）、一人が呆然とした女性を駅舎の外へ連れて行く。女性は最早抵抗する様子もなかった。今になって、自分が巻き込まれたことの大きさにおののいているのかもしれない。

　ぽつんと残されたスーツケースを手にした男が顔を上げ、未森を見た。「これはこれは」とわざとらしく目を見開く。

「ややや。スーツケースの入れ替えにも気付かず、喉仏だのとご高説をぶっていた灘未森君ではないですか？」

「行方不明は言いすぎかと。そこまであくどいことをしていたら、逆に目立つ」

「いいじゃないの。俺の〝助言〟のおかげで、彼女が今後注意深くなってくれれば。それより、こんなところでお会いできるとは、なんという運命の巡り合わせ。中にあるものを検めていただけますか」

「わざとらしい。どうせ〝ホール氏〟の服に盗聴器を付けておいたんでしょう」

「スーツケースには発信機もね。女の子と一緒に出てきた夫婦連れがいたでしょ。あの二人、惚れ惚れする手際だよね。〝ホール氏〟、まったく気付かなかったもの」

　あの夫婦までがＡＢＡＷの仕込みだったか！　未森ははるか頭上にある天井ホールを仰ぎそうになった。

　ニューヨークに本部を置く世界古書籍商協会（ＡＢＡＷ）は世界二十五か国、約三千店の古書店が加盟している組織だ。古書籍売買の市場の秩序を保つため、日々情報を交換し合っている。また、国際規模の窃盗が引きも切らない希少な古書籍類を守るべく、こうしてＩＣＰＯ（国際刑事警察機構）とも連携し、犯罪組織の摘発に尽力するという一面も持つ。

　今、未森の目の前でにやけ顔をして立つ男、貝塚秋は古書ハンターである。組織にもギャラリーにも属していないフリーながら、依頼された古書籍は、ヨーロッパの片田舎で催される蚤の市のガラクタの中からでも、アジアの遊牧民のカーペットを剝がしてでも探し出すと評判の男だ。時に愛書家同士の良好な取引の仲介、ディーラーのようなことまでしている。そんな彼がこうしてＡＢＡＷの実働部隊じみた真似をしているのは、会長であり、彼の後見人でもあるロブ・ベイリー氏に直々に要請されたからだ。

　しかし、ベイリー氏に引き取られるまでの秋の経歴は一切不明だった。年齢も二十八歳の未森より少し上であろうとしか分からない。緻密な細筆で描かれたような顔立ちは東洋的な優美さを感じさせはするが、本当に日本人かどうかも不明だ。

　とはいえ、今はスーツケースの中を検めることが先だ。二人は行き過ぎる人々を背に、壁際に立った。未森はスーツの内ポケットから出した白手袋を素早く両手に嵌めた。本来であればきれいに洗浄した素手で扱うのだが、ここは外なので致し方ない。

　秋がケースを開ける。中にはバスタオルが詰め込まれていた。慎重な手つきで取り出し、無造作にくるみ込まれていたものを取り出す。

「……間違いない。『女王のレシピ』だ」

中から現れたのは、コバルトブルー色をした仔牛革の表紙の本だった。十九世紀末、イギリス貴族が道楽で作らせた私家本で、かの悲劇の女王マリー・アントワネットが食べたという料理の数々が、鮮やかな図版とともに載っている。産業革命以前の豪奢な装幀を踏襲しており、表紙には家紋の刻印、金色に輝く真鍮製の留め具も付いていた。

深みのある青をしばし眺めていた秋が、しみじみ首を振った。

「しかしやり方が大胆だ。ＩＣＰＯに化けていると知っていて、男に本を渡すなんて」

「最近、ＩＣＰＯ局員に化けるという手口が報告されていたので。〝『女王のレシピ』をいただく〟という予告が〝笑う猫〟から入った時に、今回もその手口が使われるのではと警戒していたんです」

「それで待ち構えていたら、本人がいる前にのこのこ現れたってわけか」

「とはいえ、今日のような末端をいくら捕まえても、〝笑う猫〟の首謀者にはとても辿り着かない……」

「アラアラ～？　今だって俺がいなきゃ盗られていたんじゃないのォ？　もう、最初から俺に相談してくれれば」

それは認めざるを得ない。未森は顔をしかめた。

「……来日するなんて聞いてない」

「そこは未森チャンと俺の仲でしょ。聞いてなくても察してよ」

「できるか！」

〝笑う猫〟。近年、稀覯本と呼ばれる希少な古書籍を盗む国際窃盗団だ。組織の実態、首謀者の正体は皆目摑めず、貴重な古書籍を所有する店や個人、図書館などを戦々恐々とさせている集団である。

さらには関わった人間をも恐怖で統率している。あくどいことをしないとは言っても、それはあくまで「素人」相手の場合だ。裏切り者や落伍者には容赦ない粛清が待っている。目を潰され、指を落とされるのだ。二度と技術者、鑑賞者として使い物にならなくされる。

そんな〝笑う猫〟の手に落ちたが最後、盗まれた本は二度と日の目を見ない。秘密裏に売買され、死蔵されるのだ。本を私利私欲で独占することは、長きにわたり積み重ねられてきた人間の叡智に対する冒瀆だ。絶対に許すことはできない。ひそかに顔をしかめた未森の肩に秋が手を置いた。

「お勤めご苦労さん！　ところで未森チャン。明日の『八十三番』のことだけど」

暗澹たる思いの自分とは裏腹に、やけに軽い声音の秋を未森はじろりと睨んだ。

「今回の『八十三番』はあなたも関係者だ。公平を期すために、この件に関して話すわけにはいかない」

「真面目！　まあ、そう言わずに。俺にとっては三か月ぶりの日本だよ？　旧交を温めようよ」

「三か月顔を合わせないくらいで旧交になりますか？」

「八重洲の『来来』で待ってる。じゃあね」

けれど秋は未森の言葉も聞かずに、ホールと八重洲口側を繋ぐ北自由通路へと足を向けた。颯爽とした姿が瞬く間に消え去る。彼の姿を呑んだ通路入り口をしばし睨んでいた未森は、やがてふっと息をついた。まずは、この本を持ち帰らないと。


戻らなければ。〝水底図書館〟へ。

未森は貴重な本を胸に抱き、ポケットから専用の通行ＩＣカードを取り出した。北口の改札を通り、階段を下りて地下一階、さらに地下三階に下りる。東京駅の場合、階段で下りられる場所に地下二階は存在しない。地下一階のすぐ下の地下三階は、空調機や送風機などがある機械室フロアだ。このさらに下の地下五階に横須賀・総武線のホームがある。本来であれば、ここはほとんどの乗降客が通り過ぎるだけの場所である。

そんなフロアの片隅に小さい扉がある。各種機械室の扉とは違い、表示もなければ色分けもされていない。未森はズボンのポケットから小さい鍵束を取り出すと、指先で瞬時に目当ての鍵を選り出した。流れるような動作でドアノブの下の鍵穴に鍵を差し込み、鉄扉を開く。人の目があろうが気にしない。ここ東京駅で、人目を忍ぶという行為は逆に目立つ。淡々と普段通りに振る舞うことこそが、一番の隠れ蓑なのだ。

踏み込んだ中は狭い通路だった。二人で並んで歩くのも窮屈なほどだ。明かりもない。未森はオートロックの鍵が背後で施錠されたことを音で確認すると、暗がりの中を踏み出した。物心ついた時から歩いている道だ。身体が道の狭さ、形、距離をすべて覚えている。

細い通路を五十メートルほど進むと、眼前をふさぐ門扉が見えてくる。未森は手にした鍵束の中から次の鍵を選り出した。これもすでに慣れた動作だ。闇の中でも、的確に目的の鍵を選り出すことができる。その鍵で金網が張られた無骨な門扉を開く。扉の向こうには、はるか地中深くまで続く螺旋階段があった。この扉はオートロックではないため、未森は螺旋階段の踊り場に出ると、鍵をかけ直してから階段を駆け下りた。闇の中をくるくると回りながら下りていくと、この螺旋の中に永遠に閉ざされてしまいそうに感じる。

体感で十メートルほど下りると、立つのがやっとという小さい踊り場があり、また門扉が現れる。未森はこの鍵も瞬時に取り出し、扉を開けた。扉の向こうにはまた螺旋階段。地中深くまで下りるこの螺旋階段には、途中に三つの門扉がある。これを全部違う鍵で開けないと先には進めないようになっているのだ。

一つ、二つ、三つ、途中に現れる扉を潜り抜けていくにつれ、足元がぼんやりと明るくなってくる。三つ目の扉を過ぎた個所から、螺旋階段の周囲は堅牢な金網で囲われ、さらにその外側はガラスで覆われるようになる。透明のストローの中に螺旋階段を通したような様相になるのだ。もう近い。未森は段板越しに見える景色を見下ろすたび、何か大いなるものの胎内に入り込むように感じる。何度見ても、この光景には畏怖の念を抱かずにはいられなかった。

四方が五十メートルはあろうかという人工湖にも見えるものが眼下に広がっている。その水面の底に、まるで水中の森のように林立する書架が見える。

〝水底図書館〟だ。

正式名称『最重要秘匿帝都書庫』——通称水底図書館。

大正期、東京中央停車場を建設する際、密かに造られた図書館である。この特異な建築のみならず、蔵書内容はいわゆる〝稀覯本〟ばかりを集めた、世界でも類を見ない図書館だ。戦後はＧＨＱによる没収を恐れ、長く秘されてきた施設でもある。

稀覯本の定義は様々、価値も市場の動向で変動するが、どの本にも人類の辿ってきた軌跡が鮮やかに記されている。人の歴史に聖俗の隔たりはなく、高尚なものも猥雑なものもいっしょくただ。

そんな稀覯本ばかりを集めたここ水底図書館は、「水底」と呼ばれてはいるが、正確には違う。驚くことに、この図書館は巨大な二重の水槽の中にあるのである。水を満たした大きい水槽の中に、一回り小さい水槽があり、その中に建てられた図書館なのだ。湖のように見えているのはその上面で、上から見ると、まるで水の底に図書館があるように見える。図書館の外壁代わりでもある中の水槽は、両端をぎゅっと絞ったような形になっており、笹舟を連想させる形になっていた。もちろん腐敗を防ぐため、外側の水槽内の水は常に循環させている。百年も前に、こんな途方もない規模の図書館を造ったことは驚嘆に値する。おそらく、当時でも世界最高峰の技術で造られたものに違いない。

湿気を嫌うはずの図書館が、なぜ水に囲まれた地下にあるのか。これはこの図書館の成り立ちが深く関係している。

螺旋階段のストローは、この二重の水槽を穿って通されている。外側の巨大水槽を貫く螺旋階段を下りていくと、水の中に踏み込んだかのような錯覚を起こす。来館者はこの水の中の階段を通り、透明な舟の形をした図書館へと入っていくのだ。館内は真ん中の通路を挟んだ左右に、重厚なオーク材の書架が整然と並んでいる。上からこれらの光景を見下ろしていると、自分が鳥になったかのように感じる。

とはいえ、階段の終着点に到達しても、まだ中に入れるわけではない。ガラス製のストローには最後の門扉が付いている。その前には必ず図書館の職員がいた。

ここ『最重要秘匿帝都書庫』の司書を代々務める灘一族だ。蔵書のみならず、特殊なこの図書館の管理から点検、維持まで一手に任されている。今、上から下りてきた未森を出迎えたのは、一族の一人、灘まり明だ。現在の司書チーフであり、未森の母である。

まり明の恰好も未森と同じ漆黒のパンツスーツだ。化粧っ気はまるでなく、長い黒髪を頭の後ろでキリリと括った姿は、ともすると細身の少年のようにも見える。下りてきた息子を見てにこりと笑った。

「お帰り未森」

螺旋階段の途中にあったものと違い、最後の門扉は豪華な造りだった。枠や格子に、あたかも鉄の蔦や花が絡みついているかのような意匠が細かく彫り込まれている。

上着の内ポケットから取り出した鍵で、まり明が門扉を開けてくれる。水底図書館内に踏み入れた未森は、改めて館内を見回した。

四角く切り出された大理石を並べた床に響く靴音が、耳に心地よく響く。高さ二十メートルはありそうなガラスの天井越しに、水がたゆたっているのが見えた。今は天井や館内のあらゆる場所に電気が通され、照明や空調設備も整っているが、建てた当初は入るだけで決死の覚悟が必要だったに違いない。当時は人が立ち入って閲覧するというより、世界の希少な本を保管する意味合いのほうが強かった。正式名称が『書庫』と言われるゆえんである。不定期ながら人の出入りを許し、図書館にも似た役割を務めるようになったのは、戦後二十年ほど経ってからのことだ。しかし、今でも一般には図書館の存在は知られておらず、特に東京駅の地下にあるという特殊な事情は業界関係者以外には秘されている。

　真ん中の通路にはやはりオーク材の書見台が二台置かれ、閲覧者は希望する本をこの台に広げて読む。館内を歩き、書架から自分の手に取って読むことができる本もあるが、基本は未森を始めとした司書が本を取り扱うことになっていた。ここ水底図書館に集められた本は修復を重ねても壊れやすかったり、世界に数点しか存在しない希少なものだったり、本の形になっていない紙片だったりする。巻子（かんす）、折本、写本、インキュナブラ（活版印刷（かっぱんいんさつ）黎明期の印刷物）、贅を尽くした装幀の本、著名作家、詩人の貴重な初版本――

　時代や国、形態も様々なこれらの本は、まさに人間の軌跡そのものだ。文字や文章の発生、書き記すという行為、それに伴い発展した動物の皮や植物を使った道具の発明、機械の発展。

人が進歩すること、そのことによって生み出され、多様に変化してきたものは無数にある。が、何より人間という存在に深く結びついているのが本だと未森は思っている。思索すること、感じること。人が人であることの根源を具現化したもの。それが本だ。

取り戻した『女王のレシピ』をもとの位置に戻した。館内は時代、地域、種別ごとに細かに書架が分かれている。

「万事つつがなく？」

背後からまり明が声をかけてくる。ああ、と未森は苦々しく答えた。

「〝ホール氏〟の身柄はＩＣＰＯが押さえた。ただ、秋がいた。ＩＣＰＯからＡＢＡＷに協力要請がいったんだろうな。いいところは全部あいつに持っていかれた」

「ああ。秋君。明日の『八十三番』、彼も参加だったわね。元気だった？」

「まったく変わりない。女性相手にチャラチャラしてた」

「そう。彼がいつも通りだと思うと安心するわ」

母が楽しそうに笑う。こんな笑顔は久しぶりだ。ふと、未森は彼女に訊いた。

「今日、病院は行った？」

ところが、一瞬見せた母の笑顔はすぐに寂しげなものに変わった。それだけで、未森はすべてを察してしまう。訊かねばよかったと後悔した。

「ええ。こっちも相変わらず。まったく目を覚まさない」

「……そうか」

無機的な白いベッドに横たわる一人の若い女性の姿を思い浮かべた。ますます気分が落ち込む。すると、沈鬱な空気を和ませようと、まり明が声を高くした。

「未森もお見舞いに行ってあげてて？　顔を見るのはつらいかもしれないけど」

「うん」と頷きながら書架通路から出た未森は、気配に顔を上げた。

地上と通じる螺旋階段は船体で言えば船尾に当たる位置にある。その反対側、船頭に当たる通路の突き当たりに一人の老爺が立っていた。やはり黒いスーツを細身の大柄な体軀にまとっている。縦に細長いその姿は、本の修繕や製本で使う鋭い目打ちを連想させた。背の中ほどまで伸ばした髪は真っ白で、白い肌と同化して見えている。寡黙ながら全身から発せられる峻厳(しゅんげん)な威圧感は、さながら隠遁した修道士の佇まいだ。

知らず、未森はつぶやいた。

「……五色(ごしき)先生」

水底図書館専属の修復師、五色匠一(たくいつ)だ。図書館創立者である五色財閥一族の一人である。この老爺の見識、知識の広さはまさに桁外れで、本に関して言えば生き字引のようなものだ。彼の鋭い眼光の前に出ると、未森はいつも緊張してしまう。自分がペラペラの紙片になったような気になるのだ。

やがて、五色匠一は無言のまま書架の間へと消えた。館内には螺旋階段とは別に、外部と通じる出入り口が複数ある。そのうち一つの扉が、今、五色が出て行った扉だ。扉の向こうに見える水中には人一人がやっと通れるほどの狭いトンネルが通っており、それが図書館の扉と外側の水槽を繋げていた。トンネルは水槽も貫き、その先にある黒々とした地中へと続いているのだ。この出入り口は半ば五色一族専用となっている。

水底図書館は五色一族が代々の館長を「五色夢二（ゆめじ）」として務めている。現七代目館長は、先ごろ病没した先代から「夢二」の名とともに館長職を引き継いだばかりであった。年齢や性別などは一切非公表で、古書業界の有名人ながら、五色財閥の全容とともに正体はまったく公にされていない。

匠一が姿を消した扉のすぐそばには小ぢんまりとした館長席があった。重厚な書架、書見台に比べると質素という言葉がふさわしい木製の机と椅子だが、この机の小さい本棚にも貴重な古書籍が並べられている。一見目立たないが、実はここの本のラインナップこそが水底図書館の性格を表していた。館長自身が特に気に入っている本が並べてあるからだ。

早晩七代目夢二が選んだ本がこの本棚に並ぶはずだが、今はまだ六代目館長が選書した本が並べられたままだ。この机だけは司書も手を触れることを許されていない。ペン一本動かしてはならない。そのため、整理整頓が苦手だった六代目そのものの机周りで、椅子の傍らに常に置いてあった木製のゴミ箱もそのままだ。『芥匚』と名付けたこのゴミ箱を六代目は重宝していた。この中に読み止しの資料やら書類やら、書き損じの手紙やらを大量に詰め込んでいたのだ。もちろん、これも勝手に捨てたりできない。不要だと思っていたら後から重要だと判明した、そんな資料が入っていることもままあったからだ。

五色匠一の重い足音が消えると同時に、未森は「ふう」と肩の力を抜いた。母を振り向く。

「この後、少し出ていいかな。『来来』に行ってくる」

「ああ。秋君ね？」

「そう。秋のヤツ、本当にあの店が好きなんだ」

「いいわよ。明日の『八十三番』の準備は万全だし……あ、そうそう」

思い出すような声を上げると、まり明はにっこり笑った。

「元気のいいあの娘にもよろしく伝えて」

地上に出た未森は八重洲側に回り、横断歩道を渡った。整然とした丸の内側と違い、こちらは未だ大規模な工事の真っ最中だ。至るところに工事用のフェンスが張られ、中では重機が行き交っている。

　目指す店は最新の高層ビル群の谷間に埋もれるように建っていた。路地に面した雑居ビルの一階で、今のところ開発による取り壊しから逃れているようだが、この先は分からない。引き戸を開けると、昼時を過ぎた店内は嵐の後のような状況だった。テーブルの上には使われた皿が残ったままで、客もまだ数組いる。未森は店内を見回した。

　秋は一番奥の席に座っていた。大好きな餃子定食は平らげた後のようで、満ち足りた顔つきでスマートフォンをいじっている。未森の姿に気付くと、「ハイ」と笑った。

「未森チャンを待ってられなかったんで、お先にいただきました」

「満足そうですね」

「そりゃもう。三か月恋しかった。やっぱり『来来』の餃子は世界一だ。ね、大将！」

　カウンター越しの厨房で餃子を包む中年の男に秋が声をかける。「あたぼうよ！」と答える彼の手は、ひと時も休まない。精緻なマシンのごとく皮に餡を載せ、包んでいく。

「まあ、それはともかく」

　が、秋の声音はすぐにひそめられた。向かいに座った未森の目を真正面から見つめる。

「見舞い、俺も行ってもいいのかな。すばるの――いや、〝夢二〟の」

「……ああ」

五色すばる。弱冠二十三歳にして、水底図書館の七代目館長『五色夢二』に就任した女性だ。しかし今、あの館内に彼女の姿はない。

「何があった？　図書館の中で倒れて発見されたということだが」

「まったく分かりません。現場を見るに、誰かに激しく突き飛ばされたのではないかと。その勢いで書見台の角に後頭部を打ち付けて……」

低い未森の声音に、秋も苦い顔で頷いた。

「その時、彼女は一人だったのか？」

「それが」未森は答えに迷った。

「実は……彼女は図書館で誰かと一緒だったようなのです。朝、いつもの時間に僕が来た時、螺旋階段の三つの扉の鍵がすべて開いていたんです。これはあり得ない。すぐに異常事態が起こったのだと考えました。急いで図書館に行くと、やはり入り口の門扉も開いていた。そしたら――中央の通路に、あの子が」

倒れた彼女を見た衝撃を思い出し、一瞬息を詰めた。秋は黙ったままだ。

「だけど、これは今までなかったことだった。僕たちに知らせないで、あの図書館内で誰かと会うなんて」

「よほど内密にしたい相手だったのかな」

秋が何気ない口調でつぶやく。この言葉にも、未森は「分からない」と首を振った。

「本当に、あの日の彼女の行動はまったく分からない。早朝に僕らに黙って人を入れて、なおかつあんなことになるなんて」

倒れた夢二のポケットからは鍵束が消えていた。彼女を襲った犯人が持ち去り、鍵を開けながら逃走したと思われる。

「東京駅の防犯カメラは――」

言いかけた秋が苦笑いした。

「無理か。この図書館の出入り口だけは死角になっている。よんどころない理由で」

「その通りです」未森もため息をついた。

「しかも一般の警察には頼れません。あの図書館の管轄は厳密に決まっているから」

「案外不便だな。なんなら、俺が警備会社に談判してやろうか？　上を通すのは面倒だから、映像を扱っている現場の人間に、直接」

そうつぶやいた秋の声音は軽やかだった。が、目が笑っていない。「談判」が穏やかな意味でないことくらいは未森にも分かる。古書ハンターという肩書きが、貝塚秋のほんの一面に過ぎないのだと痛感せざるを得ない。

ＡＢＡＷの実働部隊という側面は、同時に業界の裏側に深く関わることも意味する。

旧弊な業界の腐敗、国際的な犯罪集団を前にして、聖人君子のような振る舞いを続けることは難しい。未森が知らない顔を、この男は複数有しているのだ。

　はあ、と未森はため息をついた。

「やめてください。あなたが本気になったらどこまでやるか見当もつかない」

「ははは。言えてる」

　軽い笑い声を立てた秋が、一転、未森の顔を覗き込んだ。

「本当に心当たりがないのか？　彼女が誰と会っていたか」

「え？」

「未森たちに内緒で会うくらいだ。よほど重要な人物なんだろう。彼女の様子に、変わったところはなかったのか？」

　思わず彼の顔を見た。

　探るような威圧感がある。未森を含め、水底図書館関係者と秋は旧知の仲だ。だが、目の前にいる秋からは、夢二の身を案じているだけとは思えない何かを感じた。

　見合ったまま沈黙する。いつにない静寂に未森が息苦しさを感じた時だった。

「やっと来た。遅い」

　目の前に水の入ったコップが置かれた。顔を上げると、白い割烹着（かっぽうぎ）を着た二十歳前後の女性が立っている。くりくりとした大きい目をわざとすがめ、鼻の頭にしわを寄せた。

「未森サンがさっさと来ないから、こっちのお兄さんが昼時にずーっと居座って店は大迷惑だったんですけど?」

「……すみません。カノンさん」

「そんな冷たいこと言わないでよカノンちゃん。ちゃんと餃定に追い餃二皿したでしょ」

餃子定食に単品餃子を二皿追加したということだ。どれだけ餃子好きなんだ。

『来来』の看板娘カノンだ。大将の親戚ということだが、いまいち素性は知れない。が、いつも元気に店内を走り回る姿は頼もしく、常連客の人気者である。秋ご自慢の笑みに目もくれず、ぷいと顔をそらせるとほかのテーブルの片付けを始めてしまう。

そんな彼女の姿に苦笑いした秋が、未森に向き直った。

「まあ、夢二の見舞いのことは追い追い。ところで、明日の」

「待った。だから、あなたは今回関係者だ。『八十三番』に関して話すわけにはいかない」

「取引される本に関して語り合うならいいだろ? これは互いの見識を深めるための有意義な情報交換だ。言わばここ『来来』は日本の『ロクスバラ・クラブ』だ」

ろくでもない詭弁がすらすらと出てくる。実は、この男こそ天才詐欺師の素質があるのではないか。

水底図書館はもう一つの顔を持つ。稀覯本のオークションを不定期に開催しているのだ。出品者が持ち込んだ本を図書館の名のもとに厳正に鑑定し、真贋を確認してから開催の告知を世界中に打つ。我こそはと名乗りを上げたものが、当日あの東京駅の地下にある図書館に集うのである。

とはいえ、水底図書館のオークションがほかと違うのはここからだ。当オークションにおいては、金額の多寡が競りを制するのではない。館長の五色夢二が持ち主にふさわしいと最終判断したものが競り落とせるのだ。そのため、オークション会場で見られる通常の競りの場面はない。入札希望者による入札金額が提示された後、夢二の〝最後の審判〟があるのみなのだ。『知の公平、そして清廉』は図書館の理念だ。

「知は無垢である。それがゆえに、人は常に潔白であらねばならぬ」。未森も幼い頃からこの信条を叩き込まれている。

未森の顔に浮かんだ迷いを瞬時に見て取った秋が、ここぞとばかりに身を乗り出した。

「公開されている情報なら話せるだろ？　明日の『八十三番』。未森も見たんだろ。真作だった。だから明日のオークションが開かれる」

「ええ。今回出品された『八十三番』……『ノストラダムスの予言集』は紛れもない真作だった」

オークション番号『八十三番』。

『ノストラダムスの予言集』

一五五五年に予言の四行詩を収めた『詩百篇』を出版して以降、医師であり占星術師でもあったミシェル・ド・ノストラダムスは次々と版を重ね、最終的に十巻の『詩百篇集』を出した。『予言集』とはこの十巻の総称だ。以来、数多の印刷業者が入り乱れて出版を繰り返すことになる。ただでさえ難解な内容に加え、著者自身が造語を多用したこともあり、世に出された本にはスペルの間違いも頻出した。一文字の違いでまったく予言の内容が変わってくるため、『予言集』はいっそうの謎を秘めた書物となったのだ。

この『予言集』は当時としては異例のベストセラーとなった。そのため、十六世紀当時からまがい物も流出していた。今回、水底図書館に出品された『予言集』は著者が存命中の一五六五年に出版されたものだ。出版元は著者とも親交があったと言われる印刷業者のロベスピエール商会。紙や印刷に使われたインクなどは図書館専属の化学分析班に回し、先に十六世紀当時のものであるとの結果を得ていた。装幀だけ比較的新しいものに付け替えるという、一部業者がやる手口によって美本に見せかけられたものでもない。

　これらを踏まえて一つ一つの活版文字の形、現存しているノストラダムスの日記にこのロベスピエール商会版について言及されていること、さらには商会の書誌や内容を精査、世界中の研究者の意見を参照した結果、未森は真作と鑑定を下した。鑑定士として大先輩である祖母の灘綾音(あやね)も同じ意見だった。最終的には先代の五色館長が病没前に真作と認め、今回のオークション開催の告知が世界中に出回ったのである。

「ノストラダムスほど毀誉褒貶(きよほうへん)の激しい人物はいないからな……存命中から山師(やまし)扱い、現代にいたっても怪しげなオカルティズムの代名詞だ。だけど、彼の『予言集』がここまで人の心を捉えたのは、いつの世もある不安や恐れを衝いたからだけじゃない。詩の文学性にあると俺は思ってる」

　ふと、鑑定の過程で研究者から聞かされた話を未森は思い出した。

　彼の日記にはこのロベスピエール版について『書き過ぎた』という記述があったという。さらには出版を差し止めようとした形跡も。その内容についての精査は今後のさらなる研究が待たれるが、出版から五百年近く経った現在も、人々の好奇と関心を集めるこの書物の魅力は驚嘆に値する。

　有名な『空から恐怖の大魔王が降ってくる』のみならず、ノストラダムスが著した詩には文学的な抒情性が強い。若い獅子、くり貫かれる両目、ぶつぶつのある枝、老いた剣士、ユピテル、ウェヌス、ネプトゥヌス、マルス……ざっと見ただけでも、想像力を喚起する言葉でいっぱいだ。この想像の余地をふんだんに与えた文章が、様々な議論と批判を巻き起こし、さらには夢を見せたのではないかと思う。

「水底図書館お墨付きの『予言集』ともなれば、それだけで箔が付く。欲しがる愛書家、蔵書家は多い。今回、俺にオークション代行を頼んできたパスカル伯爵もそうだ」

モナコ公国の貴族だ。現公の従兄だか、はとこだか。秋の抱える数多の顧客の中でも、間違いなく上客の部類に入る一人だ。

秋がかすかに小首を傾げる。微妙な上目遣いで未森を見た。

「だけどなあ、今回の競り相手。ちょっと胡散臭いと思わないか?」

「ちょっ……で、出ましょう」

あわてて秋の腕を取り、立ち上がらせた。彼は抵抗するでもなく、用意していた紙幣をテーブルに置くと、あっさり付いてくる。海外生活が長いわりに、秋は電子マネーをほとんど利用しない。「どこから情報が抜かれるか分からない」がその理由のようだ。

店を出ようとした二人を見て、食器を下げていたカノンが憤慨した声を上げた。

「えっ、食べていかないの？　餃子屋は待ち合わせに便利なおしゃれカフェじゃない！」

未森はその声を背に、そそくさと店から出た。続いて店を出てきた秋と並んで路地を歩き出す。

「もう。うかつに色々と話さないでください。あなたは来日するたびに『来来』に通い詰めますからね。情報を求めて、どこから何が送り込まれるか分からない」

実は『来来』は五色財閥が持つ店の一つだ。日本津々浦々の情報が入る拠点の一つとなっている。大将は某国の諜報員だったという噂だが、五色家に拾われた経緯は不明だ。

「ICPOと組んで国際犯罪組織に対峙しているということは、あなたは常に身辺を探られている可能性もあるわけです。行動パターンを同じにするのは危険でしょう？」

「はいはい。は～い」

「第一そんなに食べたいなら、餃子くらい自分で作ったらどうです？」

「あっ。その言い方完全アウト。もしや餃子作りが簡単なものだと思ってない？　あ～未森チャンは育児で疲れ果ててる奥さんに『夕飯まだ？』って訊いて離婚されるタイプだな！」

「なんですか、その理論の飛躍！」

ビルの角を曲がり、路地から出る。秋が続けた。

「なあ未森。この前言ってた話、何か考えたのか？」

「え？」未森は彼の顔を見た。

「水底図書館のこの先についてだよ」

「ああ……」

「知の公平。その理念からすれば、立ち入る人を選ぶ運営は矛盾してる。すばるの館長就任を機に考えたいって言ってたじゃないか」

その通りだ。しかし、肝心の七代目五色夢二が不在の現状ではどうにもならない。

未森の曇った表情を見た秋が、「まあ今は無理か」と肩をすくめた。それから、一転して軽やかな声を上げる。

「気付いてる？」

「もちろん」

「じゃ、俺は左」

「了解。僕は右」

「GO！」

秋のかけ声と同時に、左右の路地に分かれて走り出した。背後で追いかけてくる足音が響く。が、それはすぐに絶えた。未森は路地を駆け抜けながら、自分たちを尾行していた連中の目的は秋だと知る。

なんだろう？　明日のオークションに関係したことだろうか。それとも、秋個人のヤバい案件か――

「！」

未森は目を瞠る。

路地の先に、二人の男が立ちはだかった。

どう見ても通りすがりのサラリーマンではない。屈強な身体を地味な色合いのスーツに押し込めた、浅黒い肌の外国人だ。脳裏に明日のオークション、さらには秋が落札を請け負ったパスカル伯爵の競合相手が浮かぶ。未森は態勢を低くして、一人の脚の間に勢いよく滑り込んだ。思いがけない行動に相手が怯んだ隙に、ほとんど跳ね散らかすように突っ込んで彼らを追い越す。そのまま即座に立ち上がり、再び駆け出そうとした。

「うおっ！」

ところが、俊敏な動きで振り返った男らにすぐさま取り押さえられた。やはり強行突破は無理があったか！　男二人に組み伏せられ、強引に地面に押し付けられた時だ。

「乱暴はおやめなさい」

雑居ビルの谷間に、真っ直ぐな声音が響き渡った。英語だ。澄み切った鈴の音のような若い女性の声だ。未森を取り押さえていた男らがはっと立ち上がる。

顔を上げた未森の目の前に、相手が歩み寄ってきた。そのまま未森を見下ろす。

「非礼をお許しください。お怪我はありませんか」

そう言いつつも、立ち上がる未森に手を貸そうとはしない。未森は汚れた黒いスーツを手ではたきつつ、相手の女性をまじまじと見た。

浅黒い肌につやつやと輝く黒い髪、黒い瞳。目の際に入れたアイラインが瞳の大きさをさらに際立たせている。が、何より印象的なのは眉間に付けている涙形のダイヤモンドだった。ただでさえ目立つ面立ちに、さらなる華やぎを与えている。加えて黒いレザーのトレンチコートにタイトな黒パンツ。目立たぬようこの恰好をチョイスしたのであろうが、すでに存在が歩く黒真珠だ。未森は確信した。

この女性は明日の『八十三番』におけるパスカル伯爵の競合相手、アティクシュ・ミッタルの関係者だ。ミッタルはＩＴ業界の黎明期に企業を興し、世界の長者番付にも名を連ねるインドの実業家である。

「アディラ・ミッタルと申します。〝水底図書館〟のミスター・ナダでいらっしゃいますね」

「……初めまして。というご挨拶には、少々乱暴だった気がいたしますが」

　流暢な英語で返された未森の皮肉にも、アディラはまるで表情を動かさない。

「非礼はお詫びいたします。あなたとどうしてもお話がしたくて」

「残念ですが、オークション関係者と話をすることはできません。ミズ・ミッタル」

「ミスター・カイヅカとは話をしていたのに？」

　ぐっと言葉に詰まった。『来来』にいるところから見られていたのであろう。

「彼は、なんというか……個人的な知り合いで」

「では、あなたの言う〝個人的〟に私も交ぜていただけると嬉しいわ」

　有無を言わせぬ口調だ。思わず眉をひそめた未森に構わず、アディラは言葉を継いだ。

「〝水底図書館〟のオークションで競り落とすには、ミスター・カイヅカをオークションの代理人にしたほうが有利なのかしら？」

「それはあり得ません。シュウ……ミスター・カイヅカは確かに当図書館とは馴染みが深いですが、オークションに関しては、ゴシキは私情を入れることは一切ございません。必ず本の持ち主にふさわしい方を選びます」

「そう？　でも、ミスター・ゴシキだって人間ね。お気に入りの人間に頼み込まれたら、采配が変わることもあるのではなくて？」

「……何が言いたいのです？」

アディラの大きい目がかすかに細められる。それでもなお、瞳はぞくりとするほど妖しく黒い光を帯びていた。

「ミスター・ゴシキにあなたからお願いすることはできない？」

「――」

「お願い！　どうしても……どうしてもあの『予言集』が欲しいの！」

悲痛な声だった。今の今までまとっていた、どこか傲岸な空気も消え去っている。

未森はアディラの必死の顔つきを目の前にしつつ、内心ため息をついた。

〝水底図書館〟のオークションが世界で最も難物だと言われるのはこの点である。金額の多寡ではない、人が審判を下すからこそ人間の本性が垣間見える。オークションが開催されるたび、自分の愛する書物を手に入れんと、世界中の参加者たちが五色館長、そして図書館に近付く。懐柔、阿諛追従、買収、脅迫。

そのため、司書である灘一族にアディラのような申し出を持ちかける輩も後を絶たない。首を振り振り、未森はアディラから一歩離れた。

「申し訳ない。ミズ・ミッタル。僕はあなたの期待に副うことはできません」

「お金なら出すわ！　話は聞いているのよ。あの図書館、実は財政状況が厳しいって」

顔をしかめた。確かに、彼女の言葉は事実だった。特殊な環境の維持、良好な蔵書の管理のための費用が年々かさみ、財政状況はひっ迫の一途を辿っていた。

「あんな特殊な図書館……維持費だけで莫大な費用が必要ですもの。もちろんそれだけじゃない、今後も図書館には便宜を図るし。あなたにも相応の礼を」

「……金で我々が動くとお思いですか？」

低くなった未森の声音に、はっとアディラが目を見開いた。立ちすくんだ彼女を追い越し、未森は路地の角へ足を向けた。「待って！」背後で声が上がるや、腕を取られた。

「謝罪します。図書館を……あなたを侮辱してしまった。ごめんなさい。でも聞いて」

「我々は参加者の個々の事情には立ち入りません。どうかお引き取りください」

「母が、目覚めなくて……！」

目覚めない。その言葉に、未森の脳裏にも病院のベッドで横たわる女性の姿が浮かんだ。自分の腕を摑むアディラの手は震えていた。最初に見せた輝くような華やかさは影をひそめ、今にも泣き出しそうな少女の顔つきになっている。

「母のサラが……もう何か月も前から昏睡状態で……父は世界中の名医に診せたのだけど、おそらくもう目が覚めることはないだろうって、だけど、だけど」

「……」

振り払えない。大切な人を案じる気持ちは、未森にも痛いほど分かるからだ。

「――ミズ・ミッタル」

だが、自分は〝水底図書館〟の司書だ。『知の公平、そして清廉』。心の中でその言葉を噛みしめた未森は、腕を摑むアディラの手にそっと自分の手を重ねた。

「申し訳ありません。僕があなたにできることは何もない。ただ、一つだけ助言を」

「……」

「今回、ミスター・ミッタルがオークション代理人に指名したミスター・バーンズ。どういった経緯で、彼に代理人を頼むことにしたのですか？」

思いがけない質問だったのか、アディラが目を見開いた。力の抜けた彼女の手を、未森はゆっくりと自分の腕から剝がす。

「ミスター・バーンズ……？　確か、叔父のヴィハーンが父に紹介したと聞いています」

「そうですか。実は……彼は業界では要注意人物とされています」

先ほど、秋が「胡散臭い」と言っていたのはこのことだ。

コナー・バーンズはアメリカ人のディーラーだ。目利きでフットワークも軽く、業界の一部から重宝がられてはいるが、裏では犯罪組織と関わりが深いと噂されている。中でも、国際窃盗団〝笑う猫〟が起こす事件にも関与しているのではないかとささやかれていた。彼が仲介した古書籍が、その後〝笑う猫〟に狙われるということが何回か起きたからだ。所有者の情報を流しているのではないかというのである。だが、容易には尻尾を摑ませない。目利きとしても優秀な分、油断のならない人物なのだ。

そんな男が、インド有数のＩＴ長者直々のオファーで代理人を務める。何かあると思うのが普通だ。

アディラが顔を強張らせた。

「要注意人物？　ミスター・バーンズが？」

「ええ。どういう経緯であなたの叔父上と繫がっているのか、そこは確認したほうがいいかもしれません」

ミッタルは古書籍の収集家ではない。彼の名を業界で聞いたことなど一度もない。それがなぜ、突然『ノストラダムスの予言集』を欲しがったのか。このへんの鍵もバーンズが握っているのでは、というのが未森の見立てであった。

ますます必死の顔つきになったアディラが、未森のほうへ身を乗り出した。

「こ、このことは明日のオークションで不利になりますか？　私たちは『予言集』を手に入れることはできなくなりますか？」

それは分からない。が、未森は胸を痛めた。

明日は五色匠一が夢二の代理を務める。彼が最終的にどんな判断を下すかは分からない。けれど、ミッタルのことは選ばないのではないかと未森は予想していた。バーンズが絡んでいるからだ。彼の手に委ねる、それはつまり、希少な古書籍を危険にさらすことに他ならない。

「僕には判断しかねます……申し訳ありません」

それだけを告げ、未森はアディラに背を向けた。もう、彼女は追ってくることはなかった。明日のオークション。果たしてどうなるか。そう考えると、ぶるりと全身が震えた。

悲しみに潤んだ彼女の瞳を思い出す。ふと、その揺らぎと水底図書館を包む水の動きとが、重なったように思えた。

翌日の夜の十時。

螺旋階段の入り口から、母のまり明に先導された秋が下りてきた。門扉の前で鍵を携えて迎えた未森を見てニッと笑う。特に連絡もなかったが、昨日のミッタル家の追跡は無事撒いたようだ。

続いて祖父の小次郎に先導され、ミッタルの代理人であるバーンズ、続いてアディラが螺旋階段を下りてきた。東京駅の地下、水中にある図書館という突拍子もない光景に、世界有数の大富豪の娘も驚いているようだった。立ち並ぶ書架をぐるりと見回してから、ガラスの天井越しに見える水面に目を奪われていた。

　二台の書見台の傍らに、秋、そしてバーンズとアディラがそれぞれ立った。互いに自己紹介などはしない。業界に精通していれば顔と佇まいで相手を認識、もしくは値踏みできるものだし、匿名を希望する落札希望者も多いからだ。アディラのように、ここ図書館にまで姿を現す関係者は少数派だ。

　程なく、書架の奥から館長代理の五色匠一が現れた。夢二襲撃の犯人も動機も分からないため、水底図書館の館長が襲われたという情報は身近な関係者以外には伏せられていた。オークションを含めた日々の業務も、あくまで通常通りだ。そのため、バーンズやアディラはこの老爺を館長本人と思っているはずである。

　匠一は両手に桐箱を持っていた。箱のふたには『最重要秘匿帝都書庫』と焼き印が押してある。ここ水底図書館で催されるオークションで競りにかかった古書籍のみが収められる箱だ。それぞれの本のサイズに合わせて作られる特注品である。厚みのある木材の箱は、左右に指が入るほどの大きさで深さがあった。内側には本を保護するための黒いビロードが張られている。それを書見台の上に置くと、恭しい手つきでふたを開け、中に収められているものを取り出した。アディラが目を見開く。

　焦げ茶色の仔牛革の装幀が施された本が現れた。大きさは縦が二十センチ強、横が十五センチ弱といったところだ。革の表紙をめくると、黄ばみがかった紙に、『LES PROPHETIES DE M.MICHEL NOSTRADAMVS』という大文字のタイトル、発行年である『1565』に続き、印刷者の『Paul Robespierre』の名が印刷されている。黒に近い紺色のインクの色が鮮やかだ。状態のいいことが見て取れる。

「当書庫の名のもとに、オークション番号八十三番『ノストラダムスの予言集』を真作と鑑定いたしました」

厳かな声音で匠一が言う。静かではあるが、そのいかめしい響きに図書館を包む水が震えたように思えた。

日本語が分からないバーンズとアディラのために、祖父の小次郎が英語で通訳する。アディラが緊張した表情を見せた。

続いて、未森が一同の前に進み出た。

「入札金額をご提示願います」

秋、そしてバーンズが各々白い封筒を差し出す。中には日本円に換算した金額と、入札希望者のサインが直筆で書かれたカードが入っている。未森はそれぞれのカードを取り出した。

パスカル伯爵のほうは『20，000，000JPY』とある。二千万だ。類書が多くあるとはいえ、十六世紀当時の状態のいい本、著者の存命中に本人と関わりがあった印刷業者から出版された書物であるなど、付加価値からいって妥当な値段と思える。だが、続くミッタルの入札金額に、未森は驚きを隠せなかった。

『300,000,000JPY』。

三億。付加価値を考えても法外だ。どうあってもこの本が欲しいというアティクシュ・ミッタルの強い意志を感じる。

しかし、瞬時に動揺を押し隠して入札金額を読み上げた。ミッタルの三億という金額を聞いた秋の眉根が、かすかに動く。未森は巌のごとく屹立する匠一を振り返った。

「審判を」

黒い宝石のようなアディラの目が匠一に注がれている。その強い視線からは、今にも黒い炎が噴き出しそうだ。知らず、未森も匠一をじっと見つめていた。財政状況が厳しい。アディラの言葉を思い返した。

オークションの落札金は図書館設備の管理、稀覯本のさらなる収集、研究費に充てられる。表向き、五色財閥所有の私設図書館という位置付けの水底図書館は、この落札金と世界中の愛書家の寄付金によって運営の大半を賄っていた。落札の基準が金額の多寡ではないとはいえ、三億とは魅力的だ。

とはいうものの、やはり何より重要なのは古書籍がふさわしい持ち主の手に渡ることである。ミッタルを選ぶということは、窃盗団との関わりが怪しまれているバーンズの手中に落ちるも同然だ。五色一族の一員である匠一が、むざむざ希少な古書籍を渡すとは思えない。

匠一のしわがれた、威厳のある声音が響いた。

「オークション番号八十三番、『ノストラダムスの予言集』は――ミスター・ミッタルに」

ひそかに息を呑んだ。まさか。しかし、匠一は表情一つ変えない。母のまり明、祖父母の小次郎と綾音も同様だ。傍から見れば、未森も同じく平静な顔つきに見えたであろう。が、頭の中は匠一の審判に激しく揺れていた。

なぜ？　なぜ、バーンズのような男に貴重な本を渡す？

ミッタルの名を聞いたアディラが目を輝かせた。祖父の通訳を介してミッタル家が落札できたのだと確信すると、飛び上がらん勢いでバーンズと抱擁し合った。続いて、バーンズは匠一にも握手を求め、彼に向かって意気揚々と言った。

「まことに喜ばしい。ところで、今夜はこれから会食を予定しております。ぜひミスター・ゴシキにもおいで願いたい。ミスター・ミッタルも直々にお礼が言いたいことでしょう」

傍らで、アディラも熱心に頷いた。が、小次郎の通訳を聞いた匠一は、素っ気なく首を振った。

「私は遠慮する」

彼の返事を通訳されたアディラが身を乗り出した。

「いいえ！　ぜひ来てください。父があなたに感謝を伝えたいと言うはずです。私も同じです。あなたは私たち一家に、希望をくださったのです」

希望という大仰な言葉も、アディラが言うと奇妙に説得力があると未森は感じた。

真剣な表情で自分を見上げる娘を見た匠一が、未森のほうへちらと視線を寄越した。

「それでは、代わりに彼を」

えっ？　今度こそ未森は驚いた。母や祖父母も、かすかに表情を変える。通常であれば、五色、並びに灘一族はこの手の誘いはすべて断っている。入札者に対して公平にならないからだ。

戸惑う未森のほうに、アディラが上気した顔で歩み寄った。

「ぜひ来て。ミスター・ナダ。感謝の気持ちを伝えたいの。お願い、待ってるわ」

黒真珠を思わせる瞳でまじまじと見つめられると抗えない。どうにか頷いた未森を見て、アディラは心底嬉しそうに微笑んだ。思いがけない幼さが垣間見え、未森はどきりとする。

桐箱に再び収められた『ノストラダムスの予言集』を、アディラが愛おしそうに胸に抱えた。小次郎に先導され、入ってきた扉のほうへとバーンズとともに足を向ける。

未森は釈然としないままにアディラを見送った。

〝笑う猫〟と関わりがあるとされるバーンズを五色匠一は選んだ。なぜ？

「……」

まさか。信じたくない思いに未森は囚われる。

三億という金額は、それほど魅惑的だった……？

アディラがふと振り返った。その瞳が潤んでいることに気付いた未森は、何も言えなくなってしまった。

深く深く地に潜る感覚と、高く高く上昇する感覚は似ている。どちらも閉塞感がある。本来であれば人が立ち入れない、まれなる地点に足を踏み入れてしまった違和感。一歩間違えれば、死ぬ。そんな紙一重の危うさが閉塞感となって、危険信号を発しているのだ。

高層階にある展望レストランというものも、未森にとっては閉塞感を覚える場所だった。鉄製の渓谷のような東京駅周辺の景観を見慣れてはいるが、高層ビルはどうしても好きになれない。生命の危機を感じる高さに常にいるという感覚にいつまでも馴染めないのだ。

だが、そんな未森でも、東京有数の高級ホテル、アクウァ東京にあるレストランには高揚させられた。レストラン『ソレイユ』がある三十三階にエレベーターが着くと、扉の向こうは広々としたラウンジになっていた。配されたソファの真ん中は日本庭園を模した石や玉砂利が敷かれたスペースで、レストランに入る前から非日常感が味わえる。奥に続くレストランも屋内とは思えない天井の高さで、それだけで感嘆してしまう。やけに縦に長い窓から見下ろす夜景は光の粒を地上にぶちまけたかのようだ。夕暮れ時の眺めもさぞや素晴らしいに違いない。ほぼ毎日東京駅にはいるが、ほとんどの時間を地下で過ごしている未森にとって、この空間は別世界だった。

しかし何より驚かされたのは、会食のスタートが夜の十一時という時間にもかかわらず、丸々一晩レストランを借り切っていたことである。確かに、給仕の姿、そしてラウンジの隅に立つ護衛以外には客である自分たちの姿しかない。バーンズとアディラ、純白のスーツに身を包んだ中年男性、そしてサリーを着た女性だ。

すでに席に着いていたアディラが立ち上がり、到着した未森を笑顔で迎えた。彼女の手元には『予言集』を収めた桐箱が置かれている。

「招待を受けてくれて嬉しいわ、ミスター・ナダ。なんでも好きなものを召し上がって。お酒もあるのよ」

『予言集』を手に入れた。その喜びが、彼女をいっそう輝かせていた。眩しいほどの笑みを見つめながら、未森は母のまり明の言葉を思い出した。

「五色先生は『予言集』をミッタル家に与えることによって、バーンズを泳がせたのかもしれない。だから未森を会食に行かせることを承知したんじゃないかしら」

〝笑う猫〟がなんらかの動きを見せるかもしれない？　未森の中で、アディラの華やかな笑みとは対照的にどんどん緊張が募っていく。

ミッタル家の面々の前には紅茶と野菜をふんだんに使った前菜しか置かれていなかった。肉や魚を食べないためであろう。男性はヴィハーン・ミッタルと名乗った。今回の『ノストラダムスの予言集』の落札者であるアティクシュ・ミッタルの弟だ。女性はアシミーとだけ名乗った。金糸の刺繍が入った深紫色のサリーを着ている。黒一色の恰好をしたアディラも美しいが、四十歳前後と思われるアシミーの美貌には凄みすら漂っていた。

一方、バーンズはまったく遠慮なく料理を注文していた。フルボトルの白ワインを開けさせ、前菜とサラダを同時に運ばせている。が、未森までが図々しく食べるわけにもいかない。仕方なくコーヒーをオーダーした。チーフと思しき給仕がにこやかに受ける。『Ｋｅｎ　Ｋａｔｏｕ　加東剣』という金色のネームプレートが胸元で光っていた。彼が下がると、ミッタルの弟であるヴィハーンが英語で話しかけてきた。

「このたびの落札、誠にめでたい。ミスター・ゴシキにはくれぐれも礼を言ってほしい」

恰幅のいい体型といい、押しの強い物腰といい精力的な御仁のようだ。この男がバーンズを兄のアティクシュに紹介したという。果たして、二人はどんな繋がりなのか。考えを巡らせる未森に向かい、ヴィハーンがさらに続けた。

「あなたの図書館で競売にかけられた本はそれだけで値打ちが出ると聞くが、それは本当かね」

叔父の露骨な質問にアディラが眉をひそめた。何ごとかヒンディー語で言葉を交わすと、ヴィハーンが苦笑した。

「失礼した。つい、なんでも金に換算してしまう癖があってね。気を悪くしないでくれ」

「……いえ。それでは僕のほうからもお伺いしてよろしいですか。なぜ、『ノストラダムスの予言集』を入手しようと思ったのでしょうか」

未森の言葉に、一同が視線を交わし合う。前菜を（アディラたちの前にあるのとはまた違う、銀の容器に入ったパイのようなものだ）ぺろりと平らげたバーンズが、ナプキンで口を拭いながら軽い笑い声を立てた。

「水底図書館の司書ともあろう君が、個々の事情に立ち入るつもりかな」

「――」

確かにその通りだ。個々の事情には立ち入らない。これは当然のことだ。

だが、どうしても納得がいかない。唐突に『予言集』を欲しがったインドの大富豪。代理人の怪しいディーラー。

そして何より、五色匠一がパスカル伯爵ではなく、アティクシュ・ミッタルを選んだ理由を知りたかった。〝笑う猫〟絡みなのか。本当に金の多寡は関係ないのか？

「わたくしです」

するると、ずっと黙っていたアシミーが唐突に口を開いた。ピンク色に染められた唇に、サリーの金糸の色がよく映えている。

「わたくしが占いましたの。ミッタル家を覆う暗雲を払うには、水の底で見出される書物を手にしろ、と」

水の底。

アシミーが唇を笑ませたまま、何かを取り出した。古びたカードだ。マジシャンよろしく、机の上にさっと扇の形に広げる。

「これはわたくしが編み出した占いですの」

「……」

「一つ占って差し上げますわ。日本の方。過去？　それとも未来？」

「おお。アシミーは兄のお気に入りの占い師なんだ。あのアティクシュ・ミッタルが認めた占い師ということで、財界、政界でも引っ張りだこなのだよ。一回五十万ルピーはくだらない！　それを無料でなんて、あなたは幸運だ」

太鼓腹をゆすって笑うヴィハーンが、張りのある声で続けた。

「兄はサラが病の床に臥してからというもの、彼女を治すためだけに世界中を飛び回るようになってね。可哀想に、ここにいる娘のアディラの寂しさを顧みようともしない！　アシミーに占ってもらうことも、最近はもっぱらサラの病についてのみなんだ。以前はアディラの結婚相手について、うるさいほど占わせていたというのに」

「……叔父様。父と母の苦しみを思えば、私など寂しいと感じるひまもないわ」

弱く笑うアディラの表情に、また無防備な少女の面影が宿った。取り繕えない寂しさ。彼女がついたささやかな嘘に、未森の胸がかすかに痛む。

が、同時に、未森は首を傾げざるを得なかった。

どうにも、アディラのような悲壮感がヴィハーンやバーンズにはない。「希望」とまで言った彼女の切迫感が、彼らからは感じられないのだ。

未森の不審を感じたのか、アディラがあわてて身を乗り出した。

「ぜひ占っていただいて。アシミーの占いは本物なの。父の事業も彼女のアドバイスでますます上向いたし、私や家族のこともよく占ってもらうのよ」

「そう。兄のアティクシュは、その日に着る服の色までも占ってもらうほどなのさ」

「……」

この占い師が『予言集』を入手しろと告げたのか。

胡散臭い。脳裏で危険信号が盛んに点滅する。未森は慎重に口を開いた。

「……では、過去で」

未来はいかようにも言いくるめられる。が、過去はそうはいかない。

未森の思惑を知ってか知らずか、アシミーが一段と艶やかな笑みを浮かべた。

「承知いたしました。それでは、あなたの過去を視ますわ。過去と聞いて、まずは何を思い浮かべますか？　それが今のあなたの行動を縛っている。さあ。それを思い浮かべたら……カードを一枚引いてください」

何を──

水底図書館で倒れていた彼女。今も病院のベッドで目覚めない夢二──

カードを一枚引いた。アシミーが恭しい手つきでそのカードをめくる。

ヒンズー教のシヴァ神にも見える恰好の髑髏（どくろ）が描いてある。水の落ちる滝を背に足を振り上げ、複数ある手を花びらのように広げている。その手には鋭い弓形の鎌と一輪の花が握られていた。不吉なような、物悲しいような。

「大切な人が危機に瀕していますね」

アシミーが今までのどこか媚を含んだものとは違う、厳かな声音で言った。未森はぎくりとする。

「あなたは深く胸を痛め、どうにか救いたいと思っている――」

未森が目を見開いた時だ。

「失礼。父だわ」

アディラが声を上げた。取り出したタブレットを用意していたスタンドに立てる。衛星通信だ。程なく、ヴィハーンと面立ちがよく似た初老の男の顔が映し出された。が、肥満して見える弟と違い、研ぎ澄まされた顔貌はやつれて見えた。一言、二言アディラと言葉を交わすと、すぐに流暢な英語で切り出した。

「アティクシュ・ミッタルです。このたびのオークション、当該の本を入手できたことに心からの感謝を申し上げる。この本は愛する妻の快復に寄与してくれることでしょう」

未森はひそかに眉をひそめた。

母が目覚めない。確かに昨日、アディラはそう言っていた。けれど、そのことと『予言集』を手に入れることになんの関係があるのか？

「アディラ。本を見せておくれ」

父の求めに応じ、アディラが桐箱のふたを開けて本の表紙を見せた。目を輝かせたアティクシュが「アシミー」と占い師を呼んだ。未森の〝過去〟を見ていたカードは、すでに机上から片付けられている。

「この本に書いてあるのだね？　妻を救う『予言』が」

「ええミスター・ミッタル。予言者ノストラダムスは高名な占星術師でもありました。天の動きを卓越した能力で読み取り、未来への提言を記したのです。天体の動きは人の営みに通じるもの。その道筋は限られたものにしか見通せません。その天賦をわたくしが幸運にも授けられたこと、ミスター・ミッタルはよくご存知のことと存じます」

「もちろんだ！　早く君の力で『予言』を読み解いてほしい。妻を一日も早く取り戻したいのだ！」

異様とも思える会話に、未森の猜疑がますます膨れ上がる。

アシミーの口八丁な様子は、完全に山師のそれだ。第一、十六世紀に出版された『予言集』は中期フランス語で書かれている。近年になってやっと研究され始めた、専門家でさえ全容を把握していない『予言』を一介の占い師が読み解けるとはとても思えない。

しかも記述や解釈にばらつきがあるとはいえ、『予言集』であれば内容はほぼ同じなのではないか。なぜロベスピエール版にこだわるのか。

未森の不審を見て取ったバーンズが、晴れやかな笑顔を見せた。

「ノストラダムスの『予言集』が複雑怪奇な増版を繰り返したのはご存知でしょう？　このロベスピエール商会版もその一つ。ところがなぜか、ノストラダムス自身は出版を差し止めようとした」

「……」

「ノストラダムスは、自身の出版に関しては慎重に慎重を期した人物でした。版が重なるたびに訂正を加えていったのです。そしてこのロベスピエール版に関して、彼は日記にこう記している。『書きすぎた』と」

例の日記の記述のことだ。無言の未森に構わず、バーンズがとくとくと続ける。

「もともと、最初の『詩百篇』は三百五十三篇の詩、四巻から始まり、最終的に千篇の詩を収めた十巻、総じて『予言集』になった。が、晩年に出版しようとしたこのロベスピエール版には、千篇より多い予言が収録されていたのです。彼がどんな予言を書き加え、さらにはなぜ出版を止めようとしたのか、残念ながら日記の記述からは窺えないのですが」

「わたくしの星が告げました。その余剰の予言にこそ、愛するものを救わんと嘆く男の道が記されている。その本は水の底で見出されるであろうと」

横からアシミーが言葉を挟む。そんなわけがない。という言葉は、アディラの真剣なまなざしを前に消えてしまう。

画面の中のアティクシュが穏やかに続ける。

「落札できた幸運を祝福して、みなで乾杯しよう。ヴィハーン」

「ええ、兄さん」

促されたヴィハーンがチーフの加束に目配せする。同時に、奥から小柄な若い男性給仕がフルートグラスを載せたワゴンを押して現れた。胸ポケットに挿した一輪の赤い薔薇(ばら)が目を引く。制服の一環なのだろうか。彼はまずはヴィハーンの目の前にグラスを置いてから、続いてアディラの傍らに立った。

「貴重なご本ですので、よろしければ箱のふたをお戻しください」

言われたアディラが素直に箱のふたを閉める。給仕は丁重な手つきで箱を少し移動させてから、フルートグラスを彼女の目の前に置いた。

全員の前にグラスが置かれると、今度はワインボトルを持った三人の給仕が現れた。加束、長い髪をきりりと一つに括った若い女性、初老の長身の男性だ。それぞれのグラスにほのかな桜色を宿したシャンパンを注いでいく。どうやらノンアルコールだ。

画面の中のアティクシュが、同じシャンパンの入ったグラスを掲げる。

「全員の幸福、そして希望に」

彼の声を合図に、全員でシャンパンを飲み干す。軽やかな甘みが、程よい炭酸の刺激とともに喉を通る。未森はほっと息をついた。

すると、加東がバーンズの傍らに音も立てずに歩み寄った。静かに封筒を差し出す。

「バーンズ様。ご伝言が届いております」

「伝言？」眉をひそめたバーンズが封筒を開け、中にあるカードを取り出した。とたん、軽佻だった表情からみるみる血の気が引いた。なんだ？　彼の表情を全員が注視する。

「何かありましたか。ミスター・バーンズ」

アディラが声をかける。彼は「いや」と答えるものの蒼白な顔色のままだ。気忙しく周囲を見回すと、表情をさらに硬くした。立ち上がり、アディラのほうへと歩み寄る。

「も、もう一度『予言集』を拝見してもよろしいですか」

「え？　ええ、もちろん」

明らかに様子のおかしいバーンズを訝しみつつ、アディラが頷いた。青い顔のバーンズが桐箱のふたを開ける。

「！」

二人がのけ反るように飛び退いた。未森も目を瞠る。

箱の中から本が消えている。空っぽだ。

「なぜ……どうして？　どこに消えるというの？　さっきまでこの中に」

「な、な」

青ざめたアディラの傍らで、バーンズが今にもへたり込みそうになっている。膝ががくがくと震えていた。ヴィハーンが目を丸くしている加束を振り返る。

「き、君！　不審なものの出入りはなかったのかね？　どうなっている！」

「本日はミッタル様のみのご来店でございます。あとはスタッフだけで」

「では今すぐスタッフの身体検査をしろ！　本を盗ったものがいるはずだ！」

テーブルにずっと置いてある箱の中に、つい先ほどまであったのだ。それでスタッフを疑うのは無理がある。騒ぎを聞いた三人の護衛も駆け込んできた。

その時、グラスを出した小柄な給仕が一歩踏み出た。目を血走らせたバーンズが「待て！」と叫んだ。

「待て、待て、お、俺じゃない、本を盗ったのは俺じゃない！」

そう叫ぶや、バーンズがアディラの首に左腕を巻き付けた。右手には小ぶりな拳銃が握られている。最初から持ち込んでいたのか。未森はとっさに立ち上がった。

「動くな！」

怒鳴ったバーンズがアディラのこめかみに銃口を押し付けた。アシミーが甲高い悲鳴を上げる。『アディラ！』画面の中のアティクシュが叫ぶ。

「本をどこへやった？　言え！　貴様、父親と何か示し合わせたな？　俺たちのことを気付いていたんだろう！」

「知らない！　俺たちって何？　あなた何を言っているの？」

「ミッタル！　俺に本を寄越せ！　でないと娘の頭を吹っ飛ばすぞ！」

アティクシュが画面越しに身を乗り出した。黒い瞳が震えている。

「ア、アディラ」

「ダメよお父様！　せっかく手に入れた本を……あの本はお母様を助ける〝希望〟でしょう？　渡してはダメ！」

「バーンズ！」

未森はとっさにティースプーンを取り上げ、声に反応した彼の目をめがけて投げ付けた。と同時に、テーブルの上に土足で上がり二人のほうへ迫った。

反射的に顔を防いだバーンズが、迫る未森のほうへ銃口を向ける。が、引き金を引くより早く、横から割り入った影が彼の手首を拳銃ごとひねり上げた。その隙に未森は突き放されたアディラを抱え込み、床に転がった。影はバーンズの拳銃を弾くと、そのまま流れるような動作で彼の腿に打撃を加え、後頭部から床に叩き付けた。さらに仰向けに倒れたバーンズの首に長い両脚を絡める。頸動脈を絞められたバーンズは、あっという間に戦闘不能に陥った。

この間、時間にして五秒。あわただしい瞬間が過ぎ去ると、後には沈黙が漂った。

その沈黙を破ったのは、朗らかな笑い声だった。未森がアディラを抱えたまま顔を上げると、自分も床に寝転がりながらバーンズの首を絞めている男が笑っていた。

「気付いてくれたんだ未森チャン。あ、もしかして喉仏？」

「あなたは変装には向いていませんね。外国ならいざ知らず、日本人にしては背が高い」

白髪、老けたメイクに銀縁の眼鏡をかけた秋がむふふと笑う。シャンパンをサーブした三人の給仕の一人だ。

「まあ、その下手な変装はともかく。桐箱の仕掛けがありましたから。彼でしょう？　本を隠したのは」

小柄な給仕を見た。にっと笑った彼がテーブルに近付き、放置された箱を手にする。立ち上がったアディラ、呆然とするヴィハーンとアシミーが彼の手元を見つめた。

彼の爪の先が箱本体の左脇、下辺の際にある細い溝を右から左へスライドする。そしてふたを開けた。「あ！」アディラたちがいっせいに声を上げる。

本が戻っている。消えた革表紙の本が、再び姿を現した。唖然とするアディラたちに向かい、未森は説明した。

「当図書館の箱には仕掛けがあります」

「仕掛け？」

「はい。この箱の溝には大変小さいつまみがあります。薄いものを入れてスライドさせると、本の上に木枠に仕込まれていた布が出てくるのです。それがふたのように本を覆い隠してしまう。その布も黒いビロードですから、箱の容積が小さくなったことに容易には気付きにくい。まるで本が消えたように錯覚するわけです」

「では、グラスを置くあの時……」

珍妙な変装をした秋が給仕姿で現れたと思ったら、本が消えていた。仕掛けを動かせたのは箱に触れた給仕だけだ。箱を移動させた時に、溝に爪を入れて素早くスライドさせたのだ。これは何かある。そう思っていたら、バーンズが暴れ出したというわけだ。

「アディラ！　アディラ、無事なのか、返事をしておくれ」

焦燥に満ちたアティクシュの声がスピーカーから聞こえてくる。アディラが机の上でひっくり返っているタブレットを手に取った。

「お父様！　私は大丈夫よ」

「おお、アディラ……！」

「ごめんなさいお父様。私が注意を怠ったせいで大切な本を危険にさらしてしまった。でも安心して。本は無事よ。お母様の未来が視える本が」

娘の言葉を聞いたアティクシュが目を見開いた。やがて首を振り、しみじみと長い吐息を漏らした。

「私は、何をしているのか」

「お父様？」

「あのアメリカ人がお前の頭に銃を突き付けた時、私は激しく自問した。アティクシュよ、お前は何をしているのかと。本のために大切な娘を異国にまで向かわせ、挙句危険な目に遭わせているのかと」

「……」

「サラとお前以上に愛するものなど、何もないというのに――」

アティクシュの頬に涙がこぼれる。そんな父の姿を見たアディラが、言葉もなく立ち尽くす。やがてその大きな黒い瞳も、ゆっくりと潤み出した。

その時、スーツ姿の三人の男女がレストラン内に踏み込んできた。二人は白人男性、一人は日本人と思しい三十代の女性だ。男性二人に挟み込まれて見えるが、凜々しい顔つきはそんな体格の差をものともしない意志の強さを感じさせる。

男性の一人が、胸ポケットから出した身分証を加東に提示しながら言った。

「ご協力感謝します」

「当ホテルのオーナー直々の指示でございましたから。お役に立てて何よりです」

加東が恭しく頭を下げる。どうやらこの顚末に最初から加担していたようだが、本が消えるとは思わなかったのであろう。あの時は本気で驚いていた。

　男が秋に組み伏せられているバーンズのほうへ歩み寄る。

「ミスター・バーンズ。私はＩＣＰＯアメリカ支局のカレブ・ホールです。窃盗団〝笑う猫〟について伺いたいことがある」

『女王のレシピ』を奪うために、〝笑う猫〟が変装していた本人である。

〝ホール氏〟の時もそうだが、国際刑事警察機構と名が付くものの、他国の捜査員が日本にまでやって来ることはまれだ。それだけＩＣＰＯは〝笑う猫〟の摘発に本気なのだ。

　抗っても無駄と知っているのか、バーンズが大人しく立ち上がった。男性二人に両脇を固められ、ラウンジのほうへと歩き出す。秋がそんな彼に声をかけた。

「〝笑う猫〟に捕まるよりはずっとましだと思うよ。少なくとも、目と指は無事だ」

　バーンズは振り返らない。三人が立ち去ると、残った女性が秋のほうへ歩み寄った。

「警察庁国際犯罪対策部、朱美史（あけよしふみ）です。ミスター・カイヅカ、並びにＡＢＡＷのご協力にはいつも感謝しております。今回、あなたの情報では、そちらヴィハーン・ミッタル氏と占い師の女性は連行するまでもないとのことでしたが」

　秋が肩をすくめる。

「今のところ実害は何もない。身内を欺き、腹の中でよからぬことを考えてはいたでしょうが、それを取り締まっていたら世界中の人間が犯罪者になる。裁き切れない」

「そうですね。我々は神ではない」

やけに生真面目に切り返すと、彼女も一礼して立ち去った。秋が呆然と立ちすくむヴィハーンを振り返る。つかつかと歩み寄ると、長身をかがめて彼の耳元に唇を寄せた。

「あの親子に希望を見せてやれ。でないと……今回の首謀者はバーンズじゃない、貴様だと触れ回るぞ。〝笑う猫〟の耳に入ったらどうなるかな？」

ヴィハーンがみるみる青ざめた。身を起こした秋は、一転して柔らかな笑みをアディラに向けた。

「幸運を」

そう言うときびすを返し、レストランから出た。後を追おうとした未森はアディラを振り返った。黒い瞳が揺れている。何を信じればいいのか。何を見ればいいのか。それを問うているように感じた。が、未森には答えられず、小さく頭を下げた。

「お元気で」

背を向けて歩き出した未森を、「待って」という声が引き留めた。

アシミーだった。毒気の抜けた顔つきが、なぜかより美しく見えている。

「先ほどのカードで、あなたの未来も視えました」

未来。アシミーの顔に、神秘的な笑みがゆっくりと広がる。

「水が救う」


「最近、バーンズは〝笑う猫〟と距離を置こうとしていると見られていた。深入りしすぎたんだ」

スマホを繰り、ＡＢＡＷからの調査報告に目を通した秋がふうと息をついた。頭の白髪の色も落とさず、老けメイクもしたままの姿はまるで仮装行列だ。

深夜の東京駅丸の内の駅前広場だった。駅舎の赤レンガが夜陰に沈んでいる。十月の夜ともなると、ついふた月ほど前までうだるように暑かったことが信じられない。すっかり秋めいてきたと思いつつ、未森は赤色の駅舎を見上げた。

バーンズはディーラーとして優秀な反面、大のギャンブル狂という一面も持っていた。本業の合間に世界中のカジノに足しげく通っては豪遊を重ねている。〝笑う猫〟との関係を取りざたされるようになったのも、資金源はどこなのかと目を付けられたのが原因だ。身の危険を感じ、逃走を目論むも先立つものが乏しい。そんな時に水底図書館で『ノストラダムスの予言集』が競りに出されると告知された。〝笑う猫〟からカモになる顧客を見つけて競り落とすよう指示されたバーンズは一計を案じた。

「バーンズとヴィハーンは以前からギャンブル仲間として付き合いがあった。そこで彼らは手を組み、ヴィハーンの兄であり大富豪であるアティクシュを騙す策略を立てた」

アティクシュは愛妻サラの病を治そうと、世界中の医者に診せて回っていた。しかしまるで効果がなく落胆しきっていた。そんな彼に、ヴィハーンは占い師のアシミーを仲間に引き入れ、あたかも『予言集』にサラのことが書いてあるかのように思い込ませることに成功した。もとから絶大な信頼を置いていた彼女の言葉に、すっかり弱っていたアティクシュとアディラはすがるようになったのだ。

稀覯本を入手させ、持ち主の情報を〝笑う猫〟に流す。〝笑う猫〟はバーンズからもたらされた顧客の詳細な情報をもとに稀覯本を盗み出し、裏市場に流す――

秋が人差し指をピンと立てて未森を見た。

「ここまでは今までと同じだ。が、ヴィハーンと占い師の存在を聞いて、俺は〝笑う猫〟と決別したがっているバーンズがさらなる一計を案じたんじゃないかと読んだ」

窃盗団に盗ませる前に、『予言集』を人質に取ってみてはどうだろうか。愛妻の病を治したい一心で、アティクシュはいくらでも金を出すに違いない。〝笑う猫〟が介入する前に自分たちで本を隠し、〝本の身代金〟をせしめるのだ。そして多額の金を手に入れる。

「〝予言〟で期待を煽るだけ煽ってから本を隠す……発想が悪辣ですね」

「だから先手を打って本が消えたように見せかけたら、ボロを出すかなって」

そこであの小柄な給仕に命じ、水底図書館特注の桐箱の仕掛けを使って本を隠した。

「バーンズに届いたカードもあなたが用意したんでしょう？　なんて書いたんです？」

「『我々から本を盗むつもりか。身の潔白を証明したければ、赤い薔薇の給仕に本を渡せ。でなければお前の目と指を削ぐ。〝笑う猫〟』」

未森は小柄な給仕が胸ポケットに挿していた薔薇の花を思い出した。あれはそういうことだったのか。

バーンズが〝笑う猫〟と通じている、そして彼らに抜け駆けして本を隠そうとしているという見立ては当たっていたわけだ。小柄な給仕が窃盗団の一味だと思い込んだバーンズは、抜け駆けがバレた焦燥からあのような暴挙に出た。

ふいと振り仰ぎ、夜空を見上げた。星は見えない。だが、きっと天空から見れば、この地上こそが星空のように輝いて見えるに違いない。

天の道は、人の営みに通じている――

「アディラは気付いたでしょうか。『予言』など嘘だと」

「……ロベスピエール版『予言集』には確かに千篇以上の詩が載っている。加えて彼が日記に残した『書きすぎた』という言葉、出版を差し止めようとした形跡……これらから察するに、その余剰の詩は、ポール・ロベスピエールが勝手に書き加えたのではないかと俺は思っている」

「ああ。確かに」未森は納得した。

昔は今と違い、著作権の概念など皆無だ。さらに売らんと企む印刷業者が、大衆の興味を煽る内容にせんと手を加えることは頻繁に起きていたのだ。

「だからそもそも、余剰の詩はノストラダムスの言葉でもない。予言でもない」

「……」

「だけど、そんな事実は家族を救いたい一心の親子に知らせる必要もない。そしてもしも、ヴィハーンとアシミーがバーンズと組んでいたと分かったら、あの親子はどうなる？」

「……だからICPOには引き渡さなかったのですね」

「あの占い師は『暗雲を払う』『道が記されている』と言っていたに過ぎない。『病が癒える』『目を覚ます』とは言ってなかった。それでも、あの親子は三億という巨額を出してまで『予言集』を入手した――」

「ああ」と未森は声を上げた。

「なぜ、五色先生がミッタル氏を選んだのか分かりました。今となっては、あの『予言集』は彼らの〝希望〟だったからだ」

「そう。人に希望を与える。それが書物の役目だ。パスカル伯爵みたいに並べて愛でるのも悪くはないが、やはり読んで、未来に希望を見出してもらいたいんじゃないか？　ノストラダムス大先生も」

　ふと未森は気付いた。

もしやこのことを気付かせたくて、五色匠一は自分をあのレストランに向かわせたのか。ミッタル家の人々が本にふさわしい人物かどうか、自ら確かめるよう――

秋が清々とした声で続けた。

「だからこそ、バーンズは排除しなきゃならなかった。〝希望〟のために」

　その時、奇妙な音が近付いてきた。地面を擦る音だ。見ると、スケボーに乗った少年の集団が信号を渡り、広場を突っ切って向かいの信号を渡ろうとしている。時々見かける深夜のスケボー集団だ。果たしてどこへ向かう（それとも帰る？）のか、未森はいつも不思議に思っていた。

「秋！」

　彼らの中の一人が声を上げた。黒キャップを目深にかぶり、青いパーカーを羽織った小柄な少年が秋とハイタッチしてすれ違う。信号を渡って深夜のビル街に消えていく彼らを唖然と見送った未森は、振り返って驚いた。

秋の手に赤い薔薇が一輪握られている。今の少年が手渡したのだ。

「えっ……あ！　まさか今の子」

箱の仕掛けを動かした給仕か？　あまりに違う恰好だから分からなかった。

渡された薔薇に唇を寄せ、秋が笑った。

「あいつ、手先が器用だから。それにヴィハーンがアクウァ東京の『ソレイユ』を使ってくれてよかったよ。アロンに俺たちが潜入できるよう頼めたから」

「アロン……ああ、アクウァ東京のオーナーのアロン・リュタール」

「それにしても、未森チャンまでが会食に参加していたのは驚いたな」

「僕も、その似合わない変装を見た時は驚きました」

軽い笑い声を立てた秋が頭上に薔薇をかざした。夜景の光を浴び、複雑な模様を描く花弁の輪郭を眺めながらつぶやく。

「なあ未森。六代目五色夢二、いや、すばるからでもいい。……〝本〟について聞いたことがないか？」

「〝本〟？……タイトルは？」

問い返した未森を秋が見る。瞳の深い黒が、また、探るように光った。

「シゥエィディートゥーシウーグヴァン」

「え？」

「『水底图书馆（シウエイティートゥーシウークウアン）』……〝水底図書館〟」

きょとんとした未森を、またもじっと秋が見つめる。やがてふっと息をつくときびすを返した。背を向けたまま一輪の薔薇を持った手を振り、夜の街に消えていく。未森はその背中を黙って見送った。

一体なんのことだ？

〝本〟。秋の声がぴんと夜空に跳ね返った。

かすかな水の音を、未森は聞いた気がした。

『ダ・ヴィンチの手稿』

〜恋文〜

全身の筋肉に気を漲らせ、構える。打つ、という気配も見せずに拳を打ち込む。が、未森の一撃は秋の右手にあえなく阻まれた。手首を摑まれた拳は彼のボディにかすりもしない。息を呑む間もなく、拳をかわした秋の左の掌に頸部を打たれた。びんと痺れるような振動が皮膚から脳髄、全身に波及し、一瞬にして戦闘不能になってしまう。手首を摑まれたまま、未森は膝から頽れた。

「スピードは出てきたんだけどねえ、まだまだだねえ未森チャン」

からからと笑う秋の声が頭上から降ってくる。息一つ乱れてはいない。ちぇっ。未森は舌打ちして立ち上がった。とたん、血の気が引くようなめまいに襲われる。

かのブルース・リーが考案したジークンドー。体術を用いて対峙するのは敵であり己であり、人生であり……〝闘う〟ことを追求し続ける、彼の哲学そのものである総合武術だ。

秋はリーの孫弟子を自称している。真偽のほどは定かではないが、確かに身のこなしは素人離れしている。長い手足は不利に思えるが、彼の動きはしなやかな鞭を連想させた。むしろ自由ですらある秋の〝闘う〟姿を見るたび、未森はそこはかとない大陸の匂いを嗅ぐのだった。広大な大地に根差した人間が持つ、颯爽とした風の匂いだ。

「お兄ちゃん、いいね！　カッコイイ！」

拍手とともに称賛の声が飛んだ。秋がにっこり笑って即席の観衆に向かって手を振る。

千駄ヶ谷にある千木良病院の屋上庭園だった。療養所を兼ねた病院の屋上には花壇やベンチが配され、入院患者やスタッフ、見舞客らの憩いの場所となっていた。未森は面会時間になるまでと秋とともにこの屋上に出ていたのだが、なぜか始めて一年ほどのジークンドーの手ほどきを彼から受けることになってしまった。結果、こうして醜態をさらしたというわけだ。車椅子に座る老人、リハビリを兼ねた散歩をしている女性らが、秋の舞いを思わせる身のこなしに目を輝かせた時だ。

「おいおいお～い！　ここが病院だからって暴れてんじゃねえぞ小僧ども！」

豪胆な声音が屋上に響き渡った。見ると、屋上出入り口の扉の前にいかめしい顔つきの男が仁王立ちしていた。まくり上げた袖から見える逞しい腕の筋肉にスキンヘッド。鉄板が仕込んであるかのような肩幅。白衣を着ていなければ、よからぬ筋の人と勘違いされてもおかしくない風貌だ。

「千木良先生」

患者たちがそろって声を上げる。彼は一歩歩くごとに、患者ら一人一人に声をかけた。

「豊中のばあちゃん、脚はどうだ？　俺と社交ダンスやろうって約束があるだろうが、早く治せよ……鍋島のじいさん！　テメエ検査の結果良好じゃねえかコノヤロー、あれか？　やっぱり孫と顔見て会話できるズームか？　俺の治療よりいいってかチキショー」

空気がびりびり震えるほどの大声で話しながら、未森と秋の目の前にずんずんと歩み寄る。とたん、彼の大きな掌が二人の頭をはたいた。「あいてっ！」同時に悲鳴を上げる。

「患者さんの目の前で暴れてんじゃねえ。怪我しても気絶しても面倒見ねーぞ」

「ひどいな！　曲がりなりにもここは病院だろ、ヤブい」

ヤブ医者と言いかけた秋の言葉が途切れる。男に……千木良病院院長、千木良美緄に左脚をやはり左脚で背後からホールドされ、右腕を捩じり上げられたのだ。いわゆるコブラツイストだ。しなやかにたわむ身体を持つ秋も、力ずくの関節技の前には「あたたたた！」と叫ぶしかない。

「見舞いに来たんだろうが！　なんで大人しく待っていられねえんだこの小僧どもは！」

「ギブ！　美緄さんギブギブ」

「もう暴れねえか？　約束するか？」

「しますします！　あの子に会う前に足腰立たなくなる」

あの子という言葉に、千木良が秋を解放した。「早く行ってやれ」と素っ気なく言う。時間は面会時間が始まる午後の一時になっていた。屋上から出ようとすると、「また見せて！」という声がかかった。秋が笑顔で手を振る。患者たちの中心には、さながら病院の守護神の様相の千木良の姿があった。

屋上に通じる踊り場から階段を下り、一つ下の四階に出る。彼女は四人部屋の窓側のベッドにいた。「入るよ」と声をかけ、ベッド周りに巡らされたカーテンを開く。けれど答える人はいない。ベッドに横たわる彼女の瞼は閉ざされたままだ。中の空間は、白い色しかないように見えた。人工呼吸器を取り付けられた彼女の姿に秋が声を呑む。先ほどまで見せていた威勢のいい色合いはみじんもない。ベッドヘッドの『五色すばる』というプレートをちらりと見て、ため息をついた。

「目覚める見込みは？」

未森は首を振った。まるで分からない。担ぎ込まれた総合病院から、五色家と灘家とは昔から馴染みの深い千木良病院に転院して一か月が経つが、彼女はこんこんと眠るだけだ。

「遷延性意識障害って言うのかな。いわゆる植物状態？」

秋は「そうか」とつぶやくと、持っていた紙袋の中からハガキサイズのフォトフレームを出した。入っている絵ハガキはポール・デルヴォーの『聖アントワーヌの誘惑』。画家特有の不思議な遠近法を用いた現実味のない世界に、三人の美しい裸体の女たちが並んでいる絵だ。夢二自身が「画家が全身全霊をかけて女体にひれ伏している」と評して気に入っていた作品だ。見舞い品にしては刺激的なこの絵をチョイスするあたりが秋らしい。

「目覚めた時にいきなり現実を見るよりは、未だ夢の中にいるようなこの絵を見たほうがいいだろ？」

どこまで本気かは分からないが、彼なりに彼女を想っていることが伝わる。未森は秋とともに彼女の眠る姿を見つめてから、病室を出た。ほんの少しの解放感とそれに伴うささやかな罪悪感。あの子が目覚めなくても、世界は回っているのだと実感する瞬間だ。

「で？　この後はどこへ行くって？　秋」

「うん。それほど遠くない。二十分くらい？」

そう言うと秋はＪＲの千駄ヶ谷駅のほうへと歩を向けた。聞けば高田馬場(たかだのばば)に向かうという。中央・総武線、それから新宿で山手線に乗り換える。

貝塚秋という男は独特の雰囲気を放ちながら、どの場所にいてもその存在感を消すことができた。今も、よくよく見ると異質なほど端整な佇まいが目を引くはずなのに、日常の風景に溶け込んでしまっている。車窓の街並みを眺める彼に目を留める乗客はいなかった。

その時、車内ビジョンに鮮烈な光が走った。白い輝きの中から『エア・ノア』という文字が浮かび上がる。来年、全世界同時公開されるハリウッド大作のＣＭ映像だ。豪華キャスト陣に加え、〝Ａｒｋ〟が全面協力していることでも話題になっていた。

〝Ａｒｋ〟。

〝方舟〟という名を持つ世界的に有名な慈善団体だ。「人類と地球の幸福」を理念に掲げ、世界の紛争地や貧困地帯などで多岐に亘る支援活動を行っている。代表者のノア・グリーンは役者ばりの端整な面立ちで、マスメディアなどにも盛んに登場し、今や抜群の知名度とカリスマ性を誇っていた。画面は荒れ狂う海の映像、主演俳優の苦悩に満ちた顔を映し出し、やがて天気予報へと変わった。

程なく、電車は高田馬場駅に着いた。秋について賑やかな早稲田口から横断歩道を渡り、線路沿いを歩くこと三分、二人は八階建ての近代的なビルの前に出た。看板を見るに区立の地域センターである。秋は迷うことなく中に踏み入ると、フロアの左隅にある階段を駆け下りた。地下一階にも集会室や会議室が並んでいるようで、「第二、第二」と言いながら廊下をぐるぐる歩く。程なく見つけた『第二集会室』は防音扉になっており、秋が押し開けるや、軽快な音楽とともにいくつもの笑い声がいっせいにあふれ出てきた。

施設の椅子や車椅子に座った老人たちがフロアいっぱいに広がっている。真ん中には四十歳前後の溌溂としたインストラクターの女性がいた。老人らは腕を伸ばしたり手を叩いたり、音楽に合わせて足を踏み鳴らしたりと運動している。二人を見た女性が「こんにちはぁ！」と声を上げた。老人たちもそろってこちらを振り向く。

「見学ですか？　あら、今ちょうど終わったところなんですよ」

「いえいいえ。知り合いがおりまして、そのお迎えです」

にこやかに秋が答える。未森はひそかに驚いた。知り合い？　そんな話、聞いていない。

突然現れた秋の姿に老人ら（圧倒的に女性が多い）、付き添いの人たち、インストラクターまでもが気もそぞろになったのが分かった。……人タラシめ。未森は呆れてしまう。目立つ秋のそばにいると、自分などはまるで透明人間、存在しないも同然だ。

「風子（ふうこ）さん！」

秋が人々の頭越しに誰かの姿を認め、手を振った。視線の先には車椅子に座るひと際小さい老女がいた。一つに括った真っ白い髪とワンピースのえんじ色の対比が鮮やかだ。なぜか仏頂面で秋を見る。

「どこにいても目立つ子だよ。慎みって言葉を知らないの。ロクな大人になりゃしない」

「もういい大人だよ。元気だった？」

「あら～若梅さんの知り合い？」

「お孫さん？」

　風子と呼ばれた女性の周囲に人が集まる。風子は「こんな優男の孫がいるもんか」と面倒そうに手を振った。

「息子が呼んだんだよ」

　確かに、風子の背後には温和な表情を浮かべる高齢の男性がいた。童顔の面立ちが小柄な体軀と相まって若く見えるが、七十代と思しい。未森はひそかに首を傾げる。ということは、この風子という女性は何歳なのか。

　参加者の女性たちが口々に言った。

「あ、じゃあ、息子さんの教え子さん？」

「若梅さんの息子さん、どこの大学の先生だったたっけ？」

　風子がまたも面倒そうに手を振った。

「もうやってないよ！　引退引退。名前だけ」

「なんだっけ～？　何を教えてる先生だったたっけ？」

「そんなのあたしは知らないよ。本人に訊きなよ」

そう言うと、ぞんざいな手つきで息子を示す。ずい分と素っ気ない態度だ。

一方の息子は、そんな扱いには慣れているのか柔らかく苦笑した。秋が隣に立つ未森を彼に紹介する。

「先生。友人の灘未森君です。古書籍の専門家なんです。未森、こちら若梅羽人先生。H大学の名誉教授だ」

名誉教授。未森はあわてて頭を下げた。羽人がにこやかに「若梅です」とあいさつする。

「ところで、わざわざここまで来てくれたのかな。秋君」

「はい。どうせ資料館に行くなら、散歩がてらにと思って」

資料館。未森は内心訝った。

秋が行くと言っていたのはこの資料館だったのか。なぜ自分も同行させたのだ？

「……」

一つ思い当たる。まさか。

四日後、水底図書館で催されるオークション、『八十四番』と関係のあることか？

女性たちの熱いまなざしに見送られ、若梅親子とともにビルを出た。駅への道のりを戻り、線路沿いに戸山口のほうへと向かう。風子の車椅子を押す秋が楽しげに言った。

「あれ？　風子さん、車椅子が新しくなってるね。以前より押しやすいし軽い！」

「ふん。相変わらず目ざといね。ああ～押し方がなってないね、椅子がガタガタする。腰に響くったら。この車椅子、新調したばかりなんだから壊すんじゃないよ」

　風子の声が飛んできた。「うん、分かった」と秋が軽やかに答える。未森と並んで歩く羽人が小声でささやいた。

「ああ言ってますが、母は秋君のことが昔からお気に入りなんですよ。でなければ、私以外の人間に車椅子を押させたりしませんから」

　そう言って笑う羽人は穏やかな印象だった。母親の風子はあまり興味がないようだったが、立派な実績のある人物らしい。果たして、どんな分野の専門家なのか。

　戸山口は賑やかな早稲田口とは雰囲気が違い、線路沿いに立ち並ぶ住宅街の中へ通じる出入り口だった。入り口のすぐ近くにはゆるやかながら蛇行する上り坂がある。秋が「よいしょーっ」と言いながら車椅子を押して上り始めた。案の定「そんなに重くないよっ」という風子の声が降ってくる。

　坂の途中の石塀に小さい看板が掲げてあった。いかにも古びたブリキのそれで、端々が錆び付いている。が、掠れかけたペンキの文字を見た未森は目を瞠った。

『若梅竜男(たつお)ダ・ヴィンチ資料館』

やはり。つい、未森は前を歩く秋の背中を睨んでしまう。

やはり『八十四番』と関係のあることだった。秋のヤツめ、これではオークションの公平を期すことができないではないか！

しかし、今さら引き返すわけにもいかない。それに、正直に言えば『ダ・ヴィンチ資料館』という言葉にも惹かれていた。若梅竜男という名は初めて聞くが、すでに未森も好奇心を抑えられなくなっていた。

看板の少し先に塀に囲まれた石段があった。階段には取り付けタイプのスロープがしつらえられてはいるが、車椅子で上り下りするにはちょっと躊躇してしまうほどに急だ。上る時ももちろんだが、下りる時はかなり慎重にならないといけないだろう。

すると、急なスロープを上り切る寸前、いきなり風子が叫んだ。秋が車椅子を押しながらそのスロープを上っていく。

「ああそこ、気を付けて！」

秋があわてて車椅子を右端に寄せた。見ると、上の敷地へと続くスロープの設置部分に薄青い花弁の花が咲いていた。スロープは幅が一・五メートルほどあるのだが、そのほぼ左半分がこの花と雑草で覆われている。種が飛んできて、そのまま芽吹いてしまっているのだろう。

「せっかく健気に咲いているんだから。車輪で轢いたりしたら可哀想だよ」

彼女の言葉通り、いたいけな小さい青色の花びらが、吹く風に心地よさそうに揺れている。秋は「分かった」と素直に頷くと、花や雑草を車輪で踏まないよう、右端に寄せたまま慎重に車椅子を押した。未森も後に続くと、上り切った先にその建物はあった。

小さいギャラリーを思わせる造りだった。ガラス張りの扉はすすけており、人に顧みられていないことが窺われる。中は五坪ほど、十畳くらいの広さであろうか。ショーケースが左右に並び、壁にも資料らしきものが貼り付けてある。

資料館の背後には若梅氏の個人宅と思われる母屋があった。深い飴色が年月を感じさせる平屋建ての日本家屋だ。資料館とはまた違う立派な格子戸の玄関も見える。玄関前の石段にはやはりスロープが取り付けられており、車椅子を押している秋は真っ直ぐそちらへと向かう。

ガラス戸越しに資料館の中を窺う未森に、羽人が声をかけてきた。

「若梅竜男は私の父なのですが。戦前、レオナルド・ダ・ヴィンチを研究していたのです。ここにあるのは彼の集めた資料や記録、論文です」

若梅竜男という名前には覚えがない。おそらく在野の研究者であり、ここは彼の私設資料館なのだ。もしも『八十四番』と関係があるのなら、寂れていると言って差し支えない資料館の再興を賭けているのかもしれない。秋の今回の依頼人はこの若梅羽人なのか。
世界中の古書籍ネットワークに通じる秋の顧客を選ぶ目は厳しい。古書籍の捜索から取引の仲介、オークションの代理人までこなす彼は、相手が有数の大富豪であろうと著名なコレクターであろうと、〝本〟にふさわしくないと判断すれば仕事をしない。逆にふさわしいと判断すれば、ごく平凡な金額しか出せない一個人の依頼であろうと引き受ける。この場合、彼は若梅氏の何をもって今回の取引にふさわしいと判断したのであろう。未森は数日後に控えた『八十四番』の内容をひそかに反芻した。

オークション番号『八十四番』
『レオナルド・ダ・ヴィンチの手稿』
『アロルド・ダ・オレノの習作ノート』

万能の天才レオナルド・ダ・ヴィンチは生涯を通じ、膨大な量の手稿を遺した。現存する手稿は五千ページ以上と言われ、もとはこの四倍あったのではと推測されている。
内容は周知のとおり多岐に亘り、絵画や芸術に関することのみならず、機械工学から建築、天文学に地理学、解剖学に演劇論、さらには日常の些末なことまで、研究や興味の対象はあまりにも幅広かった。まさに脅威の芸術家、科学者であり技術者だったのだ。

　そんな天才が遺した手稿は人の手から手へ、紛失と略奪、散逸を重ねて現代に至る。そのため、近年になっても発見されるということがまれにあり、そのたびに世界中の知識人や研究者、収集家の間で激しい争奪戦が繰り広げられるのであった。

　今回水底図書館に持ち込まれたのも、まさに偶然に発見された奇跡の手稿であった。フランスの一地方の旧家が古い屋敷を処分することになり、地下にあるガラクタ置き場の中から見つかったのである。発見したのは、旧家から屋敷内の骨董品の鑑定を一任されていたパリの骨董屋だった。ばらばらの古びた紙葉が複数枚、これまた年代物の本と本の間に挟まれた状態で発見されたという。デッサン画が何枚かあり、その中にはあの『最後の晩餐(ばんさん)』の習作と思われる絵も交じっていたのだ。

　レオナルドの手稿は一部がナポレオンに収奪され、さらには所蔵先の図書館からとある数学者の手によって盗み出されたまま現在も所在が知れないものが複数枚ある。骨董屋はすわ本物かと色めき立った。水底図書館とは取引を通じて交流があった縁で、今回鑑定を兼ねて持ち込んできた。出品者はこの旧家の現当主となる。

　今現在、水底図書館の鑑定人は祖母の綾音と未森である。見ただけで真贋や値打ちの見当が付けられるものも多いが、前回のノストラダムスの予言集や今回のレオナルドの手稿のように時代が古く、さらに内容を厳密に精査しなければならないものには鑑定に数週間から数か月を要する。まずは専属の化学分析班に時代を特定させてから、世界中の各分野の専門家にも意見を仰ぐためである。

結果、今回の手稿は確かにレオナルド本人のものと判明した。ただし、発見された手稿のうち、それと鑑定されたのは一ページのみ。ほかはすべて弟子の習作だった。筆致から、三十代のレオナルドがミラノに滞在していた時、そばに置いていたアロルド・ダ・オレノではないかと鑑定した。なぜ早々に判明したかと言えば、筆致がほかの弟子に比べて格段に稚拙だったからである。当時まだ十代だったアロルドは、決して優秀とは言えない弟子だったようだ。ただ、その「天使のよう」と謳われた美貌と天真爛漫な言動が、師のレオナルドを虜にしていたのだ。

その時、玄関前のスロープを上るより先に格子戸が開かれた。中からあまり目つきのよくない四十代の男性が現れる。しかし、面立ちは羽人の童顔とよく似ていた。彼の背後には若い女性の姿もある。風子と秋を見て男が「あ」と口を開いた。

「勝手に入るんじゃないよ！」

とたん、風子が金切り声を上げた。男があわてたふうに玄関から飛び出すが、女はたたきに立ちすくんだままだ。きれいに手入れされた茶髪に濃いめのメイク、キラキラしたラインストーン入りのミュールが日本家屋の中ではひと際浮いて見えている。

その姿を見た風子がますますます激昂した。

「人が留守の間に上がり込んで……あたしがぽっくり逝く前から泥棒の真似事かいっ」

女が顔を引きつらせながら玄関を出てくる。さすがにひどい。未森が呆れていると、羽人が間に割り入った。

「研一。来るなら連絡をくれ。おばあちゃんが勝手に入られることを嫌っているの、知っているだろう」

「自分の実家だぜ？　なんでいちいち了解取らなきゃならないんだよ。それよりさあ、この前の話、真剣に考えてくれよ。頼むよ父さん」

息子の言葉に、羽人が眉をくもらせた。

「その件はもう断ると言ったはずだ」

「この前とはまた変わったんだよ！　条件がよくなった。な？　話だけでも聞いてくれよ」

ますます渋い顔になる羽人に向かい、秋が言った。

「先生。俺のほうは後日でもいいですよ」

「秋君。しかし」

「しばらくは日本でゆっくりするつもりですから。また連絡してください」

そう言うと秋は車椅子から離れた。彼にとって代わり、研一がいそいそと車椅子を押して中に戻っていく。「車椅子に触るんじゃない！」と風子がわめいたが、もう聞き取れない。羽人がため息をついた。

「本当に申し訳ない。今日のところはそうさせてもらえますか」

それから、所在なげにしている女に「入りますか？」と声をかけた。女が肩をすくめる。

「やめときます。私がいると、まとまる話もまとまらないでしょうから」

頷いた羽人が家の中に入っていく。玄関前には秋と未森、女が残された。なんだこの展開は。事の成り行きを把握できないままに未森が首を傾げた時だ。

「クソババア。とっととくたばれ」

格子戸が閉じられると同時に女が毒づいた。ぎょっとする間もなく、彼女が秋に話しかける。

「あのババア、百歳だって知ってました？」

百歳？　内心、未森は驚愕した。が、秋は涼しい顔で頷く。

「ええ。存じています」

「人の顔見ると泥棒だのなんだの、百年も生きてるお前のほうが年金泥棒だっての」

悪意に満ちた物言いに居心地が悪くなる。確かに風子の言い草もひどかったが、この女性も負けていない。

一方の秋はやはり涼しい顔だ。にこやかな佇まいに気を許したのか、女が気安い様子で続けた。

「だけど研ちゃんのお父さんって頭いいんですよね。どっかの大学の名誉教授だって。えっと、なんだっけ、専門」

「近代東洋文学」

「そうそう！　そんな感じ。研ちゃんもお父さんの頭の良さが一％でも遺伝していればな～もうちょっとマシだったんだろうけど」

研一とどういう関係なのかは知らないが、ずい分と辛らつだ。知らず苦い表情になる未森に構わず、女が半笑いを浮かべる。

「あ～でも研ちゃんのお父さんも、この資料館？　こんなののために、今さら何百万も出すとかないわ～。頭いいのにバカ」

「……」

「研ちゃんのおじいさんってなんかの研究してたらしいけど、あのばあさん、自分のダンナの研究成果を残すんだってこの資料館建てたんだってぇ。別に有名でもなんでもないのにさあ、無駄じゃない？　あり得ない。誰が見に来るのよ」

無駄。その言葉が未森の胸を抉る。

秋がにこやかな表情を崩さずに訊いた。

「それなら自分たちのほうに投資してくれてもいいだろうと？」

「そう！　この土地、絶対高く売れるはずなのよ」

「そのためには、風子さんが愛しているあの資料館が邪魔だと」

女性の目が泳いだ。相手の正体を確かめずにしゃべりすぎたと気付いたか。すかさず笑みを取り繕うと「そういうわけでは」と言った。さっと秋から離れる。

「駅前でお茶でもしてます。では」

そう言うとそそくさと立ち去った。秋と二人きりで残された末森は、じろりと彼を見た。

「『八十四番』。あなたの今回の依頼人は若梅羽人さんですか？」

「正確には風子さんと先生の連名だけど。今の女性が言うとおり、この資料館の存続のために目玉となる資料を入手したいと考えたみたいだ」

ガラスの扉を押し、秋が資料館の中に踏み込む。

左右に置かれたショーケースには古びたノートや原稿用紙が並べられ、壁のパネルには『モナ・リザ』を始めとする著名作品の画像とともに考察めいた文章が添えられていた。すべて若梅竜男の文章であろうが、ざっと見るに個人の感想の域を出ておらず、アカデミックな場で認められた痕跡もない。しかし、最初の印象こそ素人のコレクションという感じだったが、眺めるうちに、未森の中に感嘆の念が生じ始めた。

　ショーケースには十九世紀後半から続々と発刊された手稿のファクシミリ版、戦前に刊行された関連書籍、展覧会の図版までもが陳列されていた。実は戦前の日本では空前のレオナルドブームがあった。ナショナリズムと結びついた戦争色の強いものではあったが、これらが一堂に会しているのは史料としてはなかなかに壮観だ。加えて大正時代に発行されていた雑誌『白樺』や昭和初期発行の『アサヒグラフ』もある。いずれもレオナルドの特集記事を組んだ号だ。確かに、ここは若梅自身の功績を讃えるというより、近代のレオナルド研究の歩みが俯瞰できる資料館かもしれない。

「手稿そのものが世界で注目されるようになったのも、写真の印刷技術がさらに発展した十九世紀からになる。若梅竜男はこれら印刷物を通じ、巨匠が膨大に遺した手稿の中でも、特に文章や文字のほうに興味を持ったようだ」

「そういえば戦後は？　若梅竜男は研究を続けなかったのですか？」

　秋がちらりと未森を見た。

「亡くなった。戦死だ。徴兵され、送り込まれた南方の島で。享年三十三。遺骨のかけらもないそうだ」

　戦死。言葉を呑んだ未森の前で、秋は淡々と続ける。

「当時二十代半ばだった風子さんのお腹には、息子の羽人さん……先生がいた。竜男氏は息子の顔を一度も見ないまま死んだことになる」

「……」

「十年前、風子さんは先生の手を借りて、亡き夫の研究成果を見てもらうためこの資料館を開いた。……おそらくあの人は、自分の死後も夫の研究に興味を持ってほしいと願ったんだろう。一人でも多くの人にここに集ってほしいと思っているんだ。ここは、風子さんにとって夫そのものなんだ」

思い入れは理解できる。秋が今回オークションの代理人を引き受けたのは、風子のその心情に感じ入ったからであろう。が、未森はためらいつつ答えた。

「今回の『八十四番』は競合相手も多い。何しろ、めったに出ないレオナルド直筆の手稿ですから。それに……分かってます？〝彼〟も来るんですよ」

未森の言葉に、秋が肩をすくめた。

〝彼〟とはイギリスの古書業者、アイザック・ステリー。創業二百年を誇る古書店『サピエンティア』の現オーナーだ。齢八十の今でも取引や鑑定の現場に赴き、オークションの代理人までもこなす業界の重鎮である。ＡＢＡＷの幹部も務めるが、一説には現会長のロブ・ベイリーとは犬猿の仲であり、そのせいで息子同然に可愛がられている秋を目の敵にしているという噂もある。

今回、このアイザックも『八十四番』のオークションに代理人として参加する。顧客は世界中の古書籍オークションの常連であるアブダビの富豪だ。

「申し訳ないけど……若梅さんが落札できるかどうかは」

オークションは勝ち負けではないと思いつつも、富豪コレクターとこの資料館ではあまりに格が違う。さらに言えば、今回出品されるレオナルドの手稿に、ここがふさわしいだろうかという疑問符も付く。

オークションにかけられた古書籍は、ふさわしい人物のもとへ。それが水底図書館オークションの理念だ。具体的には、古書籍の保存、維持、そして未来永劫その価値を語り継ぐにふさわしいかどうかということだ。これは決して変わらない安定と、常に変わっていく推進力が求められる。だが、この時が止まったような場所は果たしてどうだろうか。ここに収められたものはすべて褪色して、家族以外の誰からも見捨てられているようにしか見えない。

言い淀む未森を見て、秋が爽やかな笑みを浮かべた。

「どうすればこの資料館、もっと大勢の人に見てもらえると思う？」

「え？　うーん……立地は悪くないし、置いてある古書籍類や資料も一見の価値があります。もっとアピールするべきですよね。あの石塀に囲まれた階段も、最初はちょっと躊躇しますが、先に何があるのかワクワクさせる仕掛けになりそうだし」

「お。いい意見」

「ぱっと見の佇まいはもっと明るく、入りやすい感じにして……ＳＮＳを使って宣伝するとか、興味を持ってくれそうな人が見る媒体に広告を出すとか」

「未森チャン頼りになるゥ。やっぱり今日、ここを見てもらって正解だったな」

「でもやっぱり展示内容ですよ？　もっと見せる工夫をしたほうが」

「確かにそうだよねえ」

　うなった秋がショーケースの背面に回り込んだ。軋んだ音を立てながら引き戸を開け、中でもひと際古びた印象があるノートを手に取る。「え！」未森は目を丸くした。

「ちょ、勝手に」

「大丈夫。ちゃんと先生に許可はもらってるから」

　そう言いながら、ぱらぱらとノートをめくった。目についた文章を読み上げる。

『レオナルドの文章は意味不明、稚拙な個所も多い。これは幼少期に十分な教育を受けなかった彼の特質のみならず、この巨人が論考するより先に、世界のあらゆる事象を目で捉え、描出する術に人一倍長けていたためであることは論を待たない。天才は風を味わい、水の流れを読む目を持っていた。尚且つ、私は彼が文字そのものを絵のように捉えていたのではないかと考える。

　現在、確認されている画家の手記は数千に及ぶ。それら一見ばらばらに見える文体そのものが、大きな絵図の一構成要素として書かれているとしたらどうだろうか。それらを組み合わせると、さらなる巨大な絵図、もしくは文言が現れるのだ。こう考えれば、言葉の一つ一つが不明瞭、意味を成さないものが多数含まれるのも当然である。レオナルドは我ら凡人が思いもつかぬような、深遠かつ壮大な実験を試みていたのではないか。数多の紙葉に、己の宇宙を描き出そうとしていたのだ。

無論、この仮説はさらなる手記の調査を要する――』

「……手稿そのものをパズルのように組み合わせるという仮説ですか？」

首を傾げた。戦前の限られた資料から思い付いたこととはいえ、子供のような発想だ。だが、戦後、もしも彼が手稿の数々を直に見ることができたなら、果たしてどんな発見をしたであろうかと想像してしまう。

「……」

だからか。未森は寂れた資料館を見回した。

風子の中では、まだ夫は生きているのだ。生きて、研究を続けているのだ――

ふと、開かれている紙面の一隅に目が留まった。『45』と記してある。ノートにページ数を記入しているのか。珍しいが、若梅竜男のやり方だったのかもしれない。

「それにしても、このノートだけやけに古びているというか、くたびれていますね。ほかのノートは比較的きれいな状態なのに」

「そりゃそうだ。風子さんが今でも毎日、ここに来てめくっているからだよ。このノートは、風子さんにとっては夫そのものだから」

志半ばにして亡くなった愛する男の遺した手記。そう感じるのは自然なことと思われたが、なぜことさらこの一冊を？　疑問に思った未森の目に、紙面のある一点が留まった。

「……あれ？」

赤い色が見える。文中の『風を味わい～』の『風』の文字だけ赤い〇で囲ってあるのだ。なんだ？　と思う間もなく、秋がノートを閉じてショーケースの中に戻した。未森を見て笑う。

「大発見でもあればね。この資料館も息を吹き返すかもしれないね」

三日後。

今日の閲覧者を待ちながら、未森は明日行われるオークション『八十四番』のために、書見台に資料を広げて読んでいた。

明日のオークションに参加するのは、若梅親子を含めて五組だ。香港の実業家、イタリアの美術館のキュレーター、アメリカの美術商、そしてアイザックが代理人を務めるアブダビの富豪コレクター……どの人物、組織も世界中の名だたるオークションの常連で、今回の『八十四番』の注目度の高さが窺える。レオナルド直筆の手稿は一ページのみではあるが、この一葉にも数千万、もしかすると億の値段が付けられるのではないかと予想される。

そしてもちろん『アロルドの習作ノート』もオークションにかけられる。ただし、こちらはせいぜい数十万から数百万がいいところであろう。未森は息をついた。

ほかの参加者の面々と並ぶと、若梅親子はどうしても見劣りする。秋には若梅家への個人的な思い入れがあるようだが、果たして勝算はあるのか？

気配がした。見上げると、二重になっている天井のガラス越しに、螺旋階段をゆっくりとした足取りで下りてくる一行が見えた。先導しているのは母のまり明だ。未森は用意しておいた車椅子を押して出入り口の門扉の前に立った。門扉の鍵を開け、本日の閲覧者の一行を笑顔で迎え入れる。

「ようこそ水底図書館へ。ヤンセン様」

まり明に連れられてやって来たのは、先頭を歩く五十代と思しい女性と屈強な若者、そして彼の逞しい腕に横抱きにされた老女だった。女性はオランダの老舗家具メーカー『コンフォタベル』の現社長ミア・ヤンセン、若者は息子のイーフォ、老女はミアの母親ローサだ。未森が用意した車椅子に、ミアとイーフォが慎重な手つきでローサを座らせる。一息ついてやっと、全員がこの奇妙な図書館を見回した。ミアが感じ入った声音で言う。

「噂には聞いておりましたが。なんと不思議な図書館なのでしょう」

同じく、きょろきょろと周囲を見回すイーフォが未森に訊いた。

「閲覧の希望を出した本以外にも見ることは可能ですか？」

「もちろんでございます。館内を閲覧する際にはわたくし、もしくは皆さまをお連れしたミズ・ナダが案内いたします」

満足げに頷いたミアが、母のローサ、そして未森を見た。

「それでは、その……例の本、拝見できますか？」

「はい。どうぞこちらへ」

未森は使っていなかったほうの書見台へと一行を案内した。台上には一冊の本があった。革装幀の古めかしい作りに、ミアとイーフォが苦笑いを見せる。重厚な見かけながら、中身は十八世紀にロンドンで発禁処分を受けた有名な性愛本、『ソドムとその周辺、そして考察』だからである。

水底図書館に所蔵されている『ソドムとその周辺、そして考察』は、当局による破棄を免れた希少な一冊だ。保管していた個人コレクターの死後に遺族が売却し、オークションにかけられたこの本を最初に入手したのが『コンフォタベル』の創業者であり、蔵書家でもあったローサの祖父マリウス・ヤンセンだ。けれど、後年『コンフォタベル』が破産寸前にまで追い込まれた際、マリウスは泣く泣く蔵書コレクションを手放すことになってしまう。コレクションは市場に流れて散逸した。そうしてこの『ソドムとその周辺、そして考察』も当時の水底図書館館長、三代目五色夢二が買い取るところとなったのだ。

しかし、かつて祖父が所有していたこの本を、なぜわざわざ見に来たのか。本の来歴を辿るのは、古書業界のネットワークを使えばそれほど難しい作業ではない。だが、所有者本人が秘匿していれば、調査は思わぬ難航を強いられたはずだ。そうまでしてこの本を見に来た理由は？　その疑問に先回りするように、ローサが小さく笑った。

「お若い司書さん。きっとあなたはこう思っているわね？　このおばあさんは、なぜわざわざ遠い異国にまで発禁本などを見に来たのだろう？　と」

「……率直に申し上げると、興味があります」

「正直でいいわ。実はね、この本には暗号が仕込んであるの。世界を滅亡に導きかねない危険な暗号」

思わず眉をひそめた。未森の表情を見たミアがくすくすと笑う。

「ママ。ミスター・ナダを困らせないで」

「あら。でもあながち間違ってはいないわよ。ことと次第によっては、世界が滅びちゃう。もっとも、この場合の世界とは私の周囲のことだけれど」

滅亡だの世界だの、言葉だけは大仰だが、そう言ってころころと笑うローサは楽しげだ。

「実はこれは祖母から託されたミッションなの。私の祖父はね、祖母と結婚する前に懇意にしていた女性がいたのだけれど」

またとんでもないことを言い出す。目を白黒させる未森の背後で、母のまり明がぶっと噴き出した。

「祖父は私の目から見ても素敵な男性だったから。それはそれはモテたのよ。祖母はいつも彼の言動にヤキモキして、さらには夫がかつての恋人を忘れずにいるのではないかと疑っていたのね。で、ある日ささいなことで口論になった時、祖母はうっかりそのことを口走ってしまったの。

――どうせあなたの心の中にいるのは私ではない、あの女性なのでしょう？――

それを聞いた祖父はこう言ったそうなの。

――僕の心は、日々めくられる本のページのようなものだ。君は今でも、真新しい僕のページにかつての女性の名が書かれていると思っているのだね？――

そう言うと、祖父は書斎の本棚を埋め尽くす蔵書の数々を示してこう続けたの。

――これらの蔵書は、言わば僕という人間の魂の分身だ。僕は今から、この蔵書の中のどれか一冊、そして一ページに、今一番大切に想っている女性の名を記しておく。

神に誓って正直に。君はその本を探して、僕の心を確かめるといい――」

「……まさか」

この本の中に、ローサの祖父の書き込みが？

戸惑う未森の表情を見て、ミアが苦笑交じりに言葉を継いだ。

「マリウス・ヤンセンは蔵書コレクションを手放してまで『コンフォタベル』の経営を立て直した後、過労で倒れ帰らぬ人となってしまいました。その日から、亡き夫が愛していた本を一冊一冊探し出す曽祖母の日々が始まったの」

娘の言葉を、ローサが穏やかな口調で引き取った。

「そのミッションを、亡くなる間際の祖母から私は引き継いだの。祖母は私が祖父に似て本好きだと知っていたから……。

――ローサ。どうか散り散りになってしまった本を探して、確かめてほしいの。あの人は誰の名を書いたのか――」

「……そうして、当水底図書館に所蔵してある一冊に辿り着いた」

かの『コンフォタベル』創業者の蔵書なのだ、並大抵の量ではないはずだ。その一冊一冊の来歴を辿って探し出し、中の書き込みを確認し続ける。すべての本が見つかるとは思えないし、その書き込みだって本当にあるのか分からない。徒労に終わる可能性のほうがはるかに大きい。

それでも、未森の胸に広がるのは新鮮な感銘だった。

祖父が愛した本の中に、祖母の名前が封じられているかもしれない。世界中の蔵書の海を渡り、その一滴を探し出す。なんと掴みどころのない、途方もない旅だろう

――

「かしこまりました。どうぞごゆっくり閲覧くださいませ」

それから未森は、水底図書館を見て回りたいというイーフォを案内して館内を歩いた。中央通路の書見台では、本をめくる紙の音がささやかに響き、たまに母娘二人が忍び笑いしている声が聞こえてくる。二人の声を聞いたイーフォが笑って未森を見た。

「つくづく面白いですよね。本って。こうして、千年以上も前の先人の言葉を残しておける。人の知恵も。感情も。何代も前のヤンセン家の男が遺したかもしれない恋文も」

「恋文」

「そう。あるかなきかの。祖母は暗号などと言っていましたが、僕は恋文だと思っています。自分が想う女性の名を記しておくなんて……恋文でなくてなんですか」

そう言って笑う姿が微笑ましい。酔狂と言っていい一連の行動に付き合うこの青年は、きっと祖母と仲がいいのであろう。

「……」

またも風子のことを思い出してしまう。孫の研一との関係はどう見ても険悪だった。そこに来て、明日の『八十四番』だ。何ごともなければいいのだが――

「ところで、一つお伺いしたいのですが」

すると、書架に並ぶ蔵書を見上げていたイーフォが真面目な声で訊いてきた。

「はい。なんでしょう」

「しょっちゅう投げかけられる質問かと思いますが。デジタル技術の発達によって、電子書籍が隆盛を誇っていますよね。このままいくと、紙の本は絶滅してしまうと言う人もいます。あなたにとって、紙の本とは？」

そう問いかける青年の真っ直ぐな目を見つめ返した。

とたん、水底図書館を包む水が、そして書架に並べられている数々の本が、いっせいにささやき出した気がした。そのひそやかな声音を聴きながら、「確かに」と未森は小さく頷いた。

「電子書籍のシェアがますます増大していくのは間違いないでしょう。便利なことは認めます。大いに助けられている人もいる。僕も利用しています。ただ――」

書架に並ぶ本の背表紙を、未森は指でゆっくりなぞった。

「僕は紙の本を開くたびに、しびれを感じるのです」

「しびれ、ですか？」

「ええ。稀覯本に限りません。新刊であろうと、雑誌であろうと。上手く言えないのですが……紙の本には情報の伝達だけでない、関わった人、そしてこれから関わろうとしている読者すべてを呑み込む強烈な磁場があると思う」

「……」

「情報を追うだけなら電子でも十分でしょう。だけど……紙の本は必ず、唯一無二です。内容が同じでも一冊ずつ違う。時が経てば経つほど、人間の身体が変化していくように、本そのものも変わっていく。そして読む人、受け取る側が、その一冊の本をさらに豊潤なものにしてくれると思います」

「読者が、ということですか？」

「はい。紙の本を開く。これだけで、本を作った人、読む人は繋がるのです。自分の手指で紙をめくる。匂いを嗅ぐ。ページがよれたり、手あかが付いたり。しおりを挟んだり本棚に並べたり……これらすべてが、読者の生活、生き方に寄り添っているんです。この降り積もるような愛着は、やはり紙の本特有のものだと思います」

「愛し合っているんですね。本と」

「はい。本を開く人は、みな良き隣人です」

未森の言葉に、イーフォが笑顔を見せた。清々しい、爽やかな笑みだった。

それから二時間ほど閲覧して、ヤンセン一家は水底図書館を辞去した。果たして、本にはマリウス・ヤンセンの書き込みがあったのか、未森もまり明も質すことはしなかった。ただ、穏やかな顔で礼を言うローサを見て、本っていいな、と未森は改めて感じた。

はるか昔のものであろうと、手に取って開くことができる。そこに封じられている叡智、そして人の営みを共有できる。そっと閉じて戻せば、今度は別の誰かが手に取れる。

永遠に、繋がっている。

地上へと続く螺旋階段をゆっくり上っていく一行を水の底から見送りながら、未森はほっと息をついた。

まだ見ぬ恋文を、自分が受け取った気がした。

一日の執務を終え、明日の夜に開かれる『八十四番』の内容を改めて確認してから、未森は水底図書館を出た。今現在、最終退出はほぼ連日未森の担当だった。すべての出入り口の鍵と空調、セキュリティシステムを確認して、入る時と同じく螺旋階段を上って外に出る。

地下三階から地上階へ、そして丸の内の北口改札を出た時だ。時刻は夜の十時を回っていた。

　上着のポケットに入れておいたスマホが振動して、すぐに切れた。見知らぬ番号からだ。が、未森はすぐにピンときた。丸天井のホールの隅に立って待っていると、ほどなく同じ番号から再び電話がかかってくる。

「もしもし」

「ハイ。今日のお仕事終わった？」

　案の定、相手は秋だった。来日するたびに違う端末を持っている秋は、電話をかける場合は必ず最初にワンコールしてくる。

「今、終わりました」

「そう。ご飯でもどう？　って思ったんだけど」

　そこで秋が言葉を切る。いつもと雰囲気が違う。

「……何かありましたか？」

「あのさ。明日の午前、ちょっと付き合ってくれない？」

「午前中なら大丈夫ですけど……どこへ」

「風子さん家」

　呆れた未森は、思わず「ちょっと」と声を上げた。

「明日の夜は何があるか分かってますよね？　僕が行けると思いますか？」

「分かってる。それはもういやってほど。ただ」

「なんですか」

「実は昨夜のことなんだけど。先生から連絡があった。風子さん、入院したって」

入院。息を呑んだ。

「びょ、病気ですか？　それとも事故とか？」

「家の前にスロープ付きの石段があっただろ。あのスロープを……車椅子ごと落ちたんだ」

やけに急だったスロープを思い出す。あの急峻を車椅子ごと？　思わず端末を強く握りしめてしまう。

「大丈夫なんですか？　け、怪我は」

「……詳しくは分からない。ただ、全身をかなり打ったらしい。年が年だから……ちょっとした怪我も命に関わる」

それはそうだ。いくら本人が元気なつもりでも、百歳という年齢は確実に身体のあちこちを脆くしている。

言葉を失った未森の耳元で、秋がため息をついた。

「でさ、未森にも見てほしいんだよね。現場を」

「……風子さんが落ちた現場ということですか？」

「そう。で、見てどう思うか俺に聞かせてほしい」

「僕がどう思うか……？」

首を傾げた。

風子が事故に遭った場所を見せてどうしたいのだろう？

それでも、明日の朝十時に高田馬場駅の戸山口で落ち合う約束をして通話を切った。

爆ぜそうな激情を抱えつつも、ちんまりと車椅子に収まっていた女性を思い出す。その姿が、あの急な坂を車椅子ごと滑り落ちていく。スピード、転倒の衝撃――脳裏にその光景が閃いた瞬間、はっと未森は歯を食いしばっていた。


翌日、秋は未森より早く待ち合わせの改札口に立っていた。いつになく厳しい表情で、風子は予断を許さない状態だと告げる。

「だけどなんで……そんなことに」

秋は未森の問いに答えることもなく、無言で歩き始めた。その緊張した背中を未森も追いかける。戸山口から住宅街へと分け入る坂道を上り、若梅家へと続く石段の下まで来ると、秋はやっと口を開いた。

「……一昨日の夜の八時過ぎ、若梅家の隣に住む住人が派手な音に驚いて外に出ると、坂の下に車椅子ごと倒れている風子さんがいた。騒ぎに気付いた先生が若梅家から出てきて、すぐに救急車を呼んだ」

このスロープを落ちたのだ。衝撃はかなりのものであったはず。未森はぞっと身をすくめた。

「でも、どうして風子さんはそんな時間に」

秋は依然渋面(じゅうめん)のままだった。こんなに悪感情を表す彼も珍しい。とはいえ、それは嫌悪の類ではなく、どちらかといえば戸惑っているように見えた。

「あら、こんにちは。学生さん」

元気な声が上がった。振り返ると、恰幅のいい中年女性が坂を下ってくるところだった。秋を見て丸い面立ちをほころばせる。

「昨日は風子さんの容体を教えてくれてありがとうございました～しばらくは入院するけど、大丈夫って聞いてホッとしてたの。良かった～」

からからと豪快に笑う。どうやら、秋は若梅羽人のもと教え子と自称したようだ。学生と呼ばれるにはとうが立っているが、この際気にしていられない。彼が風子の容体を偽ったのは、この人の好さそうな女性を慮ったためか。女性は一昨日風子を発見した隣人の久喜(くき)といった。

「驚いたわよぉ、ガッシャーン！　って音がするから出てみたら、道に風子さんが倒れているんだもの！　も〜ビックリ。あのスロープ、確かに急だなあって前から思ってたのよ」

「そういえば風子さん、一人だったのかな……？」

　ふと未森がつぶやいた時だった。久喜の表情が硬くなる。周囲をきょろきょろと見回すと、秋のほうへツツツと歩み寄った。

「ところであの、その、昨日、私が言ったことですけど……」

　一転、言いづらそうに言葉を濁す。なんのことだ？　眉をひそめた未森に気付いた久喜が、ちらと秋を見た。秋が小さく頷く。

「彼は信頼できる。聞いたことを口外したりはしません。ちょうど良かった。昨日ボクに聞かせてくれたことを、彼にも話してくれませんか」

　促された久喜は、「じゃあ」と息をつくと話し始めた。

「実は……あの夜、外に出た時ね。風子さん以外にいたのよ。ここに」

「いた……？　誰が」

「風子さんのお孫さんと、なんだか派手な若い女性」

　研一とあの女性が？　思わず秋を振り向いた。彼の端整な眉間にも深々としわが刻まれている。

「私がビックリしてると、二人とも逃げるように駅のほうへ走って行っちゃって……

だから駆け付けた先生にもそのことを言ったんですけど……そしたら先生、おっかない顔して誰にも言わないでほしいって」

「……」

「でもよくよく考えたら、あの現場に遭遇して助けないなんておかしいでしょ？　いくら仲があまり良くないからって……しかもあの逃げるような態度。そう考えると、もしかしたら、あの二人が風子さんを――」

坂の上から突き落とした？　なんのために？

はっと末森は息を吞んだ。遺産目当て？　この土地目当て？

難しい顔になった末森を見て、久喜があわてたように手を振った。

「やだっどうしよう！　やっぱり言わないほうが良かった……？　でも時間が経てば経つほど怖くなっちゃって、だからつい、昨日この学生さんにも話しちゃったんだけど」

「大丈夫ですよ。久喜さん」

すると、あわてる久喜に秋の穏やかな声がかけられた。にっこり微笑んで久喜を見る。

「昨日、そのお話を伺ってからボクも色々と考えてみたのですが。その点は久喜さんが気に病むことは何もありません。研一さんは今回のことに何も関わっていません」

驚いた。なぜ言い切れる？

一方の久喜も訝しげだ。それはそうだ。祖母が倒れているというのに、救助もせずに逃げ出したのだ。怪しいと思うのは当然だ。

「本当？　で、でも」

「不審に思われるのは当然です。が、断言いたします。研一さんは風子さんの今回の件とは無関係です」

「じゃ、じゃあ……えっと、犯罪とかそういうことはない？」

すがるような声音の彼女の両手を、秋が両手で包み込んだ。二人の胸の前できゅっと握りしめる。はひ、と久喜が息を呑んだ。

「神に誓って。風子さんと先生が羨ましい。こんなに優しくて聡明な方が近くにいて……どうかこれからも、二人の良き隣人でいてください」

頰を上気させた久喜がぶんぶんと大きく頷いた。よくよく考えるとまったく実のあることは言っていないのだが、どうやら彼女を丸め込むことに成功したようだ。買い物に行くという久喜の浮かれた足取りを見送りながら、未森は呆れた声を上げた。

「さすが。女性相手には、いつもあの手なんでしょうね」

「失礼な。〝誠意〟を向ける相手に老若男女は関係ない。久喜さんがたとえ老齢の男性でも赤ん坊でも、俺は同じ態度を取るぞ」

いつもの彼らしい軽口が戻ってきた。先に立って石段を上り始めた彼に付いて上りながら、未森はついスロープを眺めてしまった。けれど、鉄製のスロープは数日前見た時となんら変わりがなく、事故の痕跡のようなものを見出すことはできなかった。スロープの幅の半分を覆っている青い花と周囲の緑も、やはり変わりなく吹く風に揺れている。

数日ぶりに訪れた若梅家は静まり返っていた。もともと開店休業状態だった資料館がさらにひっそりと見えている。若梅羽人も病院にいるのであろう。

改めて石段の上からスロープを見下ろした。何度見ても急だ。この坂を車椅子でなすすべもなく落ちることを考えるとぞっとする。未森はちらりと秋を見た。

なぜ研一が関わっていないと言い切れる？　先ほどの久喜の話からは、どうしても足腰の弱った祖母を車椅子で連れ出す研一の姿を連想してしまう。ここの土地がなんとしても欲しいという感じだった。それには、あの祖母を突き落として殺めてでも

――

「つくづく、考えてることが一発で分かる顔だな」

同じく、スロープを見つめているはずの秋が苦笑いする。こめかみにも目が付いているのか。未森は口を尖らせた。

「だって納得できない。どうして研一が無関係と言い切れる？　僕はどうしても彼が

無理やり連れ出してここから突き落としたと考えてしまいます。それに無関係ならなぜ逃げたんですか」

「昨日、久喜さんから話を聞いた時は俺も思ったよ。もしや研一が？　と。だけどこの現場を見て違うと感じた」

「……ここを見て……？」

秋の横顔とスロープ、視線を行き来させた。しかし、なぜ違うと断言できるのか未森には分からない。

スロープを見つめたまま、秋が淡々と口を開いた。

「それに、この現場を見なくても不自然だと思うだろう」

「不自然……」

「いくら風子さんが百歳の老体でも、無理に車椅子に乗せよう、動かそうとしたら抵抗するし声を上げる。同居している先生が気付かないなんてあると思うか？」

言葉に詰まった。が、なんとか答えをひねり出す。

「じゃあ……たとえば二人に気付かれないよう事前に家屋に侵入していて、風子さんが寝静まったところを車椅子に乗せたとか？」

「それも不自然だがなくはないな。それでもなお、俺は研一の仕業じゃないと考えてる」

「……なぜ？」

「だから未森にも確認してほしかったんだ。ここを見て……何か感じないか？」

戸惑いながらスロープと石段を見下ろした。先日見た時となんら変わりない光景を。

「想像してみろよ。もしも夜間、無理やり風子さんを車椅子に乗せてここから落とすとして。おかしくないか？」

「あまりしたくない想像ですけど……僕には何も変わっていないように見えますが」

「違う。変わらないからおかしいんだ」

そう言うと、秋が足元の青い花を指した。先日見た時と変わらない——

変わらない？

「気付いた？」

「……」

〝変わらないからおかしい〟

「花が数日前と同じ。まったく乱れていない」

「……」

「覚えてるだろ？　スロープの半分を埋め尽くしているから、風子さんが端にわざわざ寄せさせたことを。普通にここを通ろうと思ったら、この花は少なくともどこかが車輪で潰されていたはずだ。これから祖母を突き落とそうという男が、夜の暗がりの中、この花に気を遣って避けると思うか？」

「……まさか」

暗い顔で秋が頷いた。

「風子さんは自分で落ちたんだと思う。だけど、彼女が自力で車椅子を操作できたとは思えない。手伝った人物がいる」

「……」

「その人物は風子さんの言うことを守り、こんな場合でも花を避けるような律義で優しい性格。さらには、風子さんの車椅子に触れることを許されている」

「秋」思わず声を上げた。そんな人物、一人しか思い当たらない。

「若梅さん……？　若梅さんが自分の母親をここから落としたっていうんですか？なぜ！」

「あのさ。今夜の『八十四番』のことなんだけど」

唐突に秋が話題を変えた。「は？」未森は目をぱちくりとさせた。

「な、何を急に」

「最初、風子さんは用意できる入札金は三百万と言っていたんだ」

たとえ一葉のみとはいえ、レオナルドの真筆手稿に三百万はあり得ない少額だ。いくら落札の決め手が金額の多寡ではないといっても、この額が古書籍の将来的な保存と維持に関わる目安になることもまた事実なのだ。

「だけど……四日前の夜、風子さんから電話があったんだよ」

秋とともに若梅家を訪ねたものの、研一と女性が来ていて結局は帰った日だ。

「もともと、あの日は重要な話があるって呼び出されていたんだけど。なんか最初から、ちょっと嫌な予感があってさ。だから未森にも付き合ってもらったんだ。ついでに、この資料館についても意見が聞きたかったたし」

「嫌な予感……」

「で、その時の電話で、風子さんは言ったんだよ。三百万から、三千万に増額したいって」

未森はぎょっとした。三百万から三千万？　いきなり十倍だ。

「そしたら次の日、風子さんの事故が起きた」

「……待ってください。まさか」

落札金を増やすために？　そのために——

「ま、まさか事故に見せかけて……死のうとした？」

「コツコツ真面目に保険金をかけていたなら、確かに三千万くらいはあるかもな」

「そんな……そんなの、おかしい！」

思わず秋に詰め寄った。

「もしも保険金で落札を目論み、成功したとしても……資料館の再興を自身の目で見ることは叶わないんですよ？　いいや、それだけじゃない。たとえレオナルドの真筆が一枚あったって、この資料館は息を吹き返さない！　人に見せよう、語りかけようという意思が感じられないからです！　資料館も、図書館も美術館も博物館も……公共に開かれたものはすべて生き物だ！　人とコミュニケートして初めて成り立つんだ！」

「今夜、もしも入札金額が三百万から三千万になっていたら――俺は代理人を降りる」

秋の硬い声音が未森の言葉を遮った。未森は声を呑む。

入札金額はオークション参加者が直筆で書き入れることになっている。この金額を代理人と相談する参加者もいれば、代理人には開示させるのみの参加者もいる。この場合、秋は若梅親子の決断に委ねることにしたのであろう。

「……その場で降りるということですか？　ですが、それは」

代理人が勝手に降りるなど許されない。そんなことを一度でもしてしまえば、業界内でのキャリアや信頼を一気に地に落としてしまう。

「今夜はステリー氏もいるんですよ。彼の目の前でそんなことをしたら」

「あのじいさんにどう思われようが関係ない。俺は、俺の信じるところを貫きたいだけ」

「……」

「書は人を幸せにするものでなければならない。身の丈に合わない執着はエゴだ」

突き放すような声音だった。けれどその表情に、未森は秋の真摯さを見る。

自分の身を犠牲にしてまで入札金を出す。一見美談だ。だが、これは秋の言うとおり、エゴだ。書を愛しているのではない。書に関わる自分を愛しているに過ぎない。

「俺は、三百万でも欲しいと願った風子さんだったから引き受けた。レオナルドの手稿に三百万なんてあり得ない。それでも……どこで死んだのか、どうして死んだのか、それすらも分からない夫のために、日の目を見ることがなかった彼の研究のすべてを詰め込んだこの資料館のためにと願った、百歳の女性だから引き受けたんだ。自分の命を粗末にして、たかだか三千万に増額した人のためじゃない」

「……」

「人は書のために死んではならない。書は人を生かすものだ」

言い切った秋が、遠い目をして彼方を見た。彼自身が負った何かが、風に煽られ、乾いた音を立てた気がした。まるで本のページがめくれるように。未森は一瞬、時を忘れてその音に耳を澄ました。貝塚秋という不思議な人物の来し方が、ほんの束の間未森の全身をかすめ、そして消えていく。

「……分かりました。では、今夜もしも若梅さんが提示した金額が三千万だったら……その場で降りるということでいいですね」

「うん。よろしくね」

頷いた秋がきびすを返した。スロープと地面の間に咲く青い花をひらりと飛び越え、斜面を駆け下りる。

が、すぐにその足を止めると、未森を振り向いた。少し眩しげに目を細め、声を上げる。

「良かった。未森がおかしいって怒ってくれて」

そう言い放つと、彼の姿は瞬く間に未森の視界から消え去った。残された未森は、しばしその場で吹く風の音を聞いていた。

足元の花の青い色が、ちらちらと踊るように揺れた。


夜の十時。まり明、祖父母の小次郎と綾音に先導され、本日のオークション参加者が次々と水底図書館に到着した。香港の実業家の代理人とイタリアの美術館のキュレーターは水底図書館に来るのも初めてで、この奇観と言っていい場所に着いてからというもの目を丸くしっぱなしだった。

「想像以上です……ニホンの東京駅の真下にこんな場所があるなんて」

「もっと来館者を増やす予定はないのですか？　今現在、世間にアピールする方策は取っていないようですが」

　ほぼ毎回繰り返される質問にも、未森は笑顔で応えた。

「ご覧の通り、定期的に、それも大勢の閲覧者を迎え入れるには不向きな場所です。何より当館は貴重な本の収集と保存を第一の目的としております。そのため、オークションも信頼できる出品の時のみの開催となります」

　古書籍業界の中でも、ここ水底図書館は特異な場所だ。この図書館のオークションにかけられただけで本は高値になるため、出品を目論む怪しげな希望者は後を絶たない。そのため出品希望者、オークション参加希望者は、閲覧者と同じく基本紹介制を取っている。なんの伝手もなく、飛び込みでこの図書館に入ることはできない。

　淀みなく答える未森の横で、ふんとアイザック・ステリーが鼻を鳴らした。まり明が用意した椅子にその巨体をどかりと落ち着ける。

「本のことを考えたら、こんな場所に図書館を造るなど狂気の沙汰だ！　ここに喜んで来るような連中は、アジアにある米国資本の巨大テーマパークになんの疑問も持たずに出かけるような、見せかけ重視の頭の軽い輩に過ぎない。ぬいぐるみでも立たせておけ！」

アイザック・ステリーは根っからの毒舌に加え、過剰なエリート意識が鼻につく男だ。今も付き添う二人の秘書に延々と愚痴を吐露し続ける。

「私はこんなところに来たくはなかったんだ。それなのにイスマイールがどうしても私本人に代理を務めてほしいと言うから」

イスマイールとは、彼が今回落札を請け負ったアブダビの富豪のことだ。これも世界的富豪に信頼されているというアピールであろう。初めてアイザックと対面した香港の実業家の代理人とイタリアのキュレーターは、露骨には顔に出さないものの辟易としているのが窺えた。ただ一人、アイザックと旧知のアメリカの美術商だけが愛想笑いを浮かべている。

すると、一行の端に黙って立つ秋にアイザックが声をかけた。

「おや。今日はずい分と静かだね。体調でも悪いのかな」

「お気遣いありがとうございます。ご心配には及びません」

「ますますご活躍のようだね！　君の噂は聞いている。最近ではＩＣＰＯとも手を組んでいるとか。この調子で、ぜひとも〝笑う猫〟を捕まえてほしいね。ロブ・ベイリーの〝飼い犬〟が猫を追う……なかなか、様になった構図じゃないか」

あからさまな侮辱に未森はカチンときた。が、秋は平然とした顔で答える。

「恐れ入ります。何しろ〝犬〟は鼻が利きますから。『サピエンティア』で御用の際は、ぜひ犬笛を吹いてお呼びください」

アイザックの顔からさっと血の気が引く。一行の背後に控える小次郎とまり明の頬がかすかにひくついた。未森も公平なる第三者を装おうと、必死に奥歯を嚙みしめた。

秋がほのめかしたのは、『サピエンティア』で起こった贋作騒動のことだ。

三か月ほど前、旧家の代理人を名乗る男からかのサド侯爵の初版本が持ち込まれた。革の表紙が付いているわけでもない、ボロボロの装幀が一目見たアイザックを興奮させた。数日をかけて自ら精査した結果、真作であると鑑定を下して言い値の倍の値段で買い取った。

しかし事態は急転する。まだ新人の見習い書店員が、この本からは奇妙な匂いがすると言い出したのだ。その話を聞いたフロア主任は、代理人という男にかねが不審を抱いていたこともあり、アイザックに隠れてひそかに懇意の化学研究所に持ち込んで鑑定し直した。結果、紙やインクが巧妙に古く見せかけられた贋作であると判明したのだ。一部は本物の古紙を用いて作られたもので、手が込んでいる。一線を退いていたとはいえ、鑑定にかけては百戦錬磨のアイザックの目をも欺く技術だった。

なお、見習い書店員がこの本から嗅ぎ取ったのは「フライドチップスの匂い」だった。後から判明したのだが、贋作グループの技術者が大のフライドチップス好きで、その匂いがこの贋作にも移っていたというのである。旧家の蔵で後生大事に所蔵されていた本にはとてもそぐわない匂いから、書店員は贋作を見抜いたのだ。これも後から判明したのだが、この書店員は常人の三倍の嗅覚を持っていたという。ベテランの目が、新人の鼻に屈したのだ。一連の経緯は普段のアイザックの傲慢さも相まって、瞬く間に業界内の嘲笑の的となった。まさにアイザック・ステリーの前で出してはならない話題だ。

妙な空気が水底の図書館に充満する。さすがに息苦しさを覚えた頃、船頭に当たる中央通路の突き当りに五色匠一、そして祖母の綾音が姿を現した。双方の手に例の水底図書館特注の桐箱がある。二人は年を感じさせない身のこなしで手前にある書見台まで進むと、その上にそれぞれ桐箱を置いた。ふたを開け、中に収められていたものを恭しい手つきで取り出して並べる。オークション参加の五人が書見台を囲んで立った。

「これは」

一目見たアイザックが、うなったきり言葉を失う。誰もが同じ反応だった。

今回発見された手稿は、イギリスの『フォースター手稿』やフランスの『パリ手稿』のように手帳サイズ（二十二×十五センチ）だった。紙面のそこここに人の手、顔の表情の素描（そびょう）が散らばるように刻まれている。ともに見つかったアロルドの習作が師の『最後の晩餐』を模写したと思しいため、レオナルドの手稿もかの大作のためめの習作、もしくは弟子のために描いた手本と考えられる。右上がやや膨らんだ曲線を描くのは、左利き特有の筆致だ。仕草一つに人となりのすべてを表さなければ、と手稿に記していただけのことはある。見れば見るほど、筆致の精度、のびやかな躍動感には驚嘆するしかない。デッサン用の赤チョークで描かれた人の表情などは、ほとんど一筆描きのような素早さだというのに、憂いや惧れまでをも的確に描写している。形を変えて描かれたいくつかの手は、今にも動き出しそうな生々しさだ。

誰もが息を詰めて現れた素描に見入っていた。束の間の軋轢や駆け引きは消え去っている。時を超えて顕現した手稿には、人を謙虚にさせる迫力があった。五百年も前の才覚のきらめきを前にすると、現在の自分たちのなんと卑小なことか。

一方のアロルドの習作も、同じサイズの紙に書き散らされたものだった。数は二十二枚。気まぐれで弟子としては優秀ではなかったという伝聞通り、確かに線は稚拙で、飽きっぽいのかほとんど描き殴ったようなもの、買い物のメモのような単語まで書いてあり、雑多な印象が拭えない。しかも、どの紙面にも奇妙な掠れにも似た線がそこかしこに散らばっている。未森は改めてその線を見つめた。

綾音や意見を聞いた各国の研究者たちは、奔放な弟子が手慰みに描いたいたずら書きであろうと判断した。未森もほぼ同意見だ。が、気紛れな落書きにしても、まるで意味を成さないこの線を不思議に思っていた。アロルドは、なんのためにこんな線を、二十二枚ある紙面のあちこちに描き散らしたのだろう？

史料としては貴重だが、芸術的価値はほぼないと言っていい。案の定、参加者たちはざっと目を通しただけで、すぐに興味はレオナルドの手稿一葉に集中した。

しかし、ただ一人、秋だけがじっと弟子の習作を見つめていた。その真剣なまなざしを見た未森の耳に、匠一の厳かな声が響いた。

「当書庫の名のもとに、オークション番号八十四番『レオナルド・ダ・ヴィンチの手稿』及び『アロルド・ダ・オレノの習作ノート』を真作と鑑定いたしました」

緊張した顔つきの面々の前に、未森は一歩踏み出た。

「入札金額をご提示願います」

参加者たちが金額の書かれた封筒をそれぞれ差し出す。『レオナルドの手稿』には全員が入札を希望した。『アロルドの習作』のほうは、キュレーターと秋のみだった。おや。未森は羽人が『アロルドの習作』も入札したことが意外だった。てっきり、目玉の『手稿』一本に絞ると考えていたせいだ。

緊張の中、それぞれの入札金額を確認して読み上げていく。やはり最低でも五千万から、アイザックが代理人を務める富豪の一億二千万までの高額だ。そんな中、未森は最後の若梅親子の封筒を開いた。中のカードを取り出す瞬間、かすかに指先が震えた。

もしも三千万と提示してあったら、俺は代理人を降りる——

ぐっと息を呑み、カードを開いた。そして目を瞠る。


『……百五十万円』


そこには、三百万のさらに半分の金額が明記されていた。羽人の署名も金額と同じ几帳面な字で添えてある。秋が目を見開いた。刹那、口元がひそやかにほころぶ。

数字を聞いた参加者たちが顔を見合わせた。確かにこの金額は場違いだ。

「……弟子の習作のほうとお間違えでは？」

アメリカ人の美術商が遠慮がちに訊く。が、秋はにっこり笑って答えた。

「いいえ。この金額で間違いありません」

「今回の君の顧客は幼稚園児か何かかね？」

アイザックのあからさまな揶揄に失笑が広がる。とはいえ、全員が呆れているのが分かった。レオナルドの直筆手稿に百五十万？　価値を知らない門外漢にもほどがある。その評価は同時に、秋自身の仲介人としての評価にもつながる。

けれど、秋はどこ吹く風だ。むしろ嬉しそうだった。

結局、『レオナルドの手稿』はアブダビの富豪が落札した。アイザックが満足げに頷く。落札したと聞くや、秘書に桐箱に収めた手稿を持たせ、もう用はないと言わんばかりに立ち上がった。先導するまり明を先頭に、秘書らとともに図書館を退出する。

未森は少し同情した。歳のわりに健脚とはいえ、あの螺旋階段を上り下りするのだ。この図書館には来たくないという気持ちは分かる。

アイザックが出入り口の門扉の向こうに消えると、続いて『アロルドの習作』のオークションに移った。入札金額はキュレーターが三百万、若梅親子が百五十万。

「審判を」

何があろうと、巌のように表情を崩さない匠一を振り返った。彼がいかめしい声音を響かせる。

「『アロルド・ダ・オレノの習作ノート』は……若梅氏に」

瞬間、未森はちらりと秋を見た。気付いた秋が素早くウィンクを返す。

目玉である『レオナルドの手稿』のオークションを終えたせいか、場の空気はすっかりゆるんでいた。参加者たちの談笑が始まる。話題はすぐに世界中の古書籍や美術品の動静、憎き窃盗集団〝笑う猫〟などに関する情報交換になった。

賑わしさの中、書見台にある弟子の習作を顧みるものはもういなかった。

翌日、秋とともに若梅家へと赴いた。今朝の時点では、風子の容体はまだ安定していないという。病院に行くという秋の申し出を断り、羽人は資料館を指定したようだ。石段を上って資料館の前に出ると、中に羽人がいた。二人がガラス戸を押して入っても、しばらく顔を上げなかった。先日、秋が取り出したノートをショーケースの上に広げ、しげしげと見下ろしている。やがて静かに口を開いた。

「ありがとう。お弟子さんの手稿を落札してくれたんだね」

「落札を決めたのは俺じゃない。五色先生です」

習作を収めた桐箱をケースの上に置く。やっと羽人の視線が動いた。中から弟子の習作を取り出す秋の手元を見ながらつぶやいた。

「どうしてもレオナルドの手稿が欲しいと母は言いました。そうすれば、自分が死んだ後もこの資料館は注目される。若梅竜男が生きていた証しが人々の心の中に残ると」

思わず未森は質したくなった。

だから風子さんはあのスロープを自分から落ちたのか？　息子のあなたに押させて？　そしてあなたは抵抗もせずそれに従った？　正気じゃない！

――けれどこの一見穏やかな男の中にも、燃え盛る何かがある。そう思うと、とても言葉にはできなかった。

黙っていた秋が静かに口を開いた。

「あの晩、研一さんと彼女が現場に遭遇していたようですね。だけど先生は、目撃した久喜さんに黙っているようお願いした。万が一警察沙汰になった時、彼らが疑われるかもしれず……そこから自作自演がバレることを恐れたせいじゃありませんか？」

静かな秋の声音を受け、羽人がふうと息をついた。

「後で研一から電話が来ました。彼からすれば、あの夜、また土地の件で話をしようと来てみたら……坂の上から祖母が車椅子ごと落ちてきたんです。それは驚きますね。しかも母は地面に激突して倒れた時には、意識があったようなんです。驚いて駆け寄った研一に、いいから帰れと怒鳴ったと」

「……」

淡々と語る羽人の姿に、〝自作自演〟を隠蔽する意図はないようだった。

「あんたが欲しいものをやるから、黙って消えてくれと」

「欲しいもの……」

「母の生命保険金は五千万なんです。落札しても二千万は残る。おそらく……朦朧とした意識の中、研一に向かってそのことを――」

とたん、乾いた笑い声を上げた。「ばかばかしい！」そう叫ぶと、アロルドの習作、そして父親のノートをショーケースから払った。乾いた音を立て、紙葉とノートが床に落ちる。

「若梅竜男の研究？　こんなもの、せいぜい入手できる雑誌や本、展覧会の図版を見て先人のものをなぞっているに過ぎません！　それなのに母は……日の目を見なかった父の研究にばかり執着して……いつかあの人の遺した研究を世に広めるのだと」

息子の業績には関心を見せなかった風子を思い出した。どれほど究めても、一番見てもらいたい人に振り向いてもらえなかったら？　けれど、羽人の顔は葛藤に歪みながらも、それでも優しい色合いが消えずにいる。

「それが母の意志なら……そう思って、言われるがまま車椅子ごと押しました。押す瞬間、母は笑っていた気がします。彼女からすれば、自分の命を賭して資料館を遺し、そうして夫に会えるのです。後に遺されるものの気持ちなど考えず……」

だが、結局は三千万どころか当初の予定金額の半値で入札した。

「今考えれば、やはりやめてくれと母が言い出すのを待っていた気がします。いくら資料館を遺したいという意志があっても、あの坂を自分から……けれど母はやめさせなかった。息子の私に、この手で車椅子を押し出させた」

そう言うと、羽人は唇を震わせて顔をそむけた。

「坂の下で車椅子が転倒する音が聞こえても、私は動けなかった。バラバラだと思いました。私たち家族は……誰も、互いのことを見ていなかった。その結果がこれです。

こみ上げたのは恐ろしさより空しさでした。もしも母が死んで、レオナルドの手稿であろうと、弟子の習作であろうと落札できたとしても、資料館ごとすべて焼いてしまおうと思いました。そうして五千万はそっくり寄付して、どこかへ消えようと――」

「許しませんよ」

秋の声が響いた。羽人が涙に濡れた顔を上げる。

「先生のような方が研究を続けてくれなければ、消えてしまう〝本〟がある……そうでしょう？　先生には〝本〟を……あの時代を生きた人々を生かす使命がある」

羽人の目が見開かれた。秋は身を屈めてノートを拾うと、それから散らばった習作を拾い始めた。

その手が不意に止まった。そのまま停止してしまった彼の手元を未森は覗き込んだ。

「何か？」

「パズル――」

「え？」訊き返した未森に構わず、秋が散らばった紙葉をかき集めた。紙面を次々と繰ると、不規則に並べ始める。

「何をしてるんです？」

「ずっと気になってた。習作のあちこちに散らばる奇妙な線」

専門家も未森たちも、アロルドの手慰みの落書きであろうと判断したものだ。

「あれは単なる落書きではないと？」

「若梅竜男の手記にあっただろ？　『一見ばらばらに見える文体そのものが、大きな絵図の一構成要素として書かれているとしたらどうだろうか。それらを組み合わせると、さらなる巨大な絵図、もしくは文言が現れるのだ』……これを聞いて、パズルと言ったのは未森だぜ」

「そうだった気もしますけど——え？　もしかしてこの習作に何かが隠されてる？」

秋は答えない。複数枚の紙葉を次から次へと組み合わせている。そして落書きにしか思えなかった線と線が、一続きになっている個所を見つけ出した。未森は目を見開く。

「これは……ばらばらに重ねた紙の上から、大きく文字を書いている？」

「おそらく、こうして落ちた複数枚の紙の上に書いた。偶然落ちて重なり合った紙上だから、秩序なんかない。紙葉をまとめてしまえば、線はバラバラになって正体が分からなくなる。だから今まで誰も気付かなかった」

そこで未森も、そして羽人も秋を手伝い、線の筆致が一致する個所を探し出して紙を重ねていった。試行錯誤した末、無秩序に重ねた紙葉の上に現れた文字を見て、全員が息を呑む。

「これ……鏡文字だよな」

スペルが左右反転して書かれている。レオナルドがよく使っていた書き文字だ。一時は暗号であるという説もあったが、今は左利きの彼がごく日常的に使っていたというのが定説となっている。未森は反転してある鏡文字を頭の中でひっくり返し、浮かび上がった単語を読み上げた。

「〝bellissimo fanciullo（ベリッシモ ファンチュッロ）〟――」

bellissimo fanciullo……とても美しい子。これはアロルドのことか。後世にまでその美しさと奔放さの逸話が伝わる魔性の弟子。羽人も呆然とつぶやく。

「ま、まさか、この文字はレオナルドが書いた……？　でも、なぜこんな」

はっと未森は顔を上げた。一昨日、水底図書館を訪れたヤンセン一家を思い出す。

「恋文……」

「恋文？」知らずつぶやいた未森を秋が振り向いた。

「今、恋文って言ったか？　これが？」

「……はい。アロルドは気性が荒く、師のレオナルドとの間には諍いが絶えなかったと伝わっています。けれどそのたびにレオナルドのほうが折れ、アロルドを甘やかしていたとも。もしかして、これもそうなんじゃないでしょうか……？」

「これも？」

「また諍いを起こし、弟子のアロルドが自分の習作帳を怒りにまかせてばら撒いた。

そこでレオナルドは、弟子の怒りを鎮めるためにこっそりと彼を讃える賛辞を書いた」

「仲直りを乞う賛辞……だから恋文？」

　さすがの秋も、感に堪えないという顔でつぶやいた。

「だとしたら、大発見なんじゃないか？」

　彼の言う通りだ。改めて鑑定しなければ分からないが、もしもレオナルドの真筆と判明したら大発見だ。好奇の対象は氾濫する河川の勢いのごとく手稿に書き留めていた巨匠だが、身近な人への心情はさほど書き残していない。両親の死に際しても、素っ気ない記録を残しているだけだ。そのレオナルドが、年下の弟子のご機嫌を取るための賛辞を、しかもこっそりと隠すように書き留めていた。真筆の手稿並みに貴重な価値がある。

　秋が羽人を振り向いた。

「先生。灘君は古書籍の目利きです。その彼が、ここにある資料は価値があると言いました。そしてこの手稿です。もしもこの文字がレオナルドの真筆でないとしても……史料的価値としては私設資料館の目玉になるには十分だ。先生。一度本気でこの資料館を立て直してみませんか。若梅竜男とレオナルドと……若梅羽人の」

「私……？」

「はい。レオナルドというルネサンスの巨人から、近代東洋文学までを網羅した資料館に。それと――」

拾い上げたノートを秋が掲げた。

「風子さん、どうしてこのノートだけを毎日眺めていたと思います？」

「え？　さあ……私も不思議だったのです。ほかのノートももちろん眺めてはいましたが、とりわけこの一冊がお気に入りなのはどうしてだろうって」

「〝恋文〟が隠されていたからですよ。風子さんと……先生への」

その言葉に驚く未森と羽人の目の前で、秋がノートをひっくり返して裏表紙をめくった。表紙裏の隅に小さく書かれている数字を指さす。

「ここ。数字が書き込まれていますよね」

彼の言う通り、『45、8、27……』と複数の数字が無秩序に羅列してある。

「このノート、なぜか手書きでノンブルが振ってあった。なぜだろう？　と思っていたのですけど。この数字に気付いて、分かったんです」

そう言いながら、『45』と紙面の隅に手書きで書き込まれているページを開く。

「この数字が書き込まれたページには、必ず赤い◯で囲った文字があるんです。で、その文字を繋げていくと」

確かに、このページにある『風』という文字が赤い◯で囲まれていた。秋が次々ページをめくっては、赤い〇で囲まれた文字を拾い集めていく。

――風　子　ワ　ガ　子　へ　必　ズ　戻　ル――

風子我が子へ　必ず戻る――

羽人がぱっと目を見開いた。

「当時は、生きて帰るなどと口にできない時世でしたからね。それでも竜男さんは、必ず妻子のもとに帰るという決意をノートにこっそりと記して出征した。それに気付いた風子さんは、毎日毎日このノートを眺めていた……夫が自分と子供に遺した――恋文を」

言葉もなく、羽人が立ち尽くした。

その時、携帯電話の着信音が響いた。はっと身を震わせた羽人があわてた手つきで上着の内ポケットから端末を取り出す。ディスプレイを見た顔が強張った。

「母の入院している病院から」

そう言うと、資料館の外に飛び出た。端末を耳に当て、硬い顔で話し始める。その姿を、未森はガラス戸越しに息を詰めて見守った。

すると、羽人が天を振り仰いだ。目尻から一筋の涙がこぼれる。その口元がゆるやかに笑み、唇は思わずというふうに、小さく動いていた。――良かった。

ほっと未森は息をついた。どうやら、風子の容体は危機を脱したらしい。見ると、秋は鼻歌でも歌い出しそうな様子でショーケースの中にノートを戻している。

「……でもいいんでしょうか。羽人さんの行為って……自殺ほう助とか、傷害とか……?」

「家族の葛藤を裁く権利が俺たちにあるか? これからも、きっとこの家族は葛藤して、ぶつかり合うだろうよ。だけどそんなの、みんな同じだろ?」

愛する夫を無残に奪われた風子。その風子に顧みられなかった息子の羽人。そしてその羽人にやはり顧みられなかった、彼の息子の研一――

なんと寂しい。けれどそれを嗤うことなどできるだろうか。それぞれが必死に、自分が生きた証しを残そうとしている。確かに、誰もが同じだ。

ちらりと秋を見た。図らずも浮かび上がったレオナルドの恋文を見つめている。未森はその横顔にさらに訊いてみた。

「若梅先生って、近代東洋文学が専門なんですよね。じゃあ、さっき言っていた〝あの時代を生きていた人々〟って」

「先生は東洋文学の近代史の中でも、特に専門にしている分野がある」

「専門ですか」

「文化大革命時の文学だ」

文化大革命。その言葉に未森が目を見開いた時だ。

目を赤くした羽人が戻ってきた。「良かったですね」という秋の言葉に小さく頷く。

それから、ふと秋を見た。

「そういえば秋君。言い忘れていたのだけど、先日、王国雲（ワングウォユン）先生の――」

王国雲。その名を聞いたとたん、秋の身体がしびれたように震えた。いつになく急いだ様子で羽人の腕を取ると、肩越しに未森を見た。

「悪い。ちょっと待ってて」

そう言って羽人と連れ立って資料館を出た。残された未森の胸に、何やら暗い疑惑がよぎる。

なんだ。なぜ、自分にその名を聞かれてはならないような反応を見せるのか。

王国雲。その名を繰り返す。

未森が知らぬはずもない。戦後の中国文壇で若手として活躍し、天安門事件以降にアメリカへ亡命した作家だ。寡作ながら長篇小説の優れた書き手として名を馳せてきた彼が初めて出した短編集が、国際文学賞アッカーソン賞を受賞したのは一昨年のことである。

「……」

その受賞作のタイトル。未森は息を呑んだ。

『Ｕｎｄｅｒｗａｔｅｒ　Ｌｉｂｒａｒｙ』

――水底図書館。

『英雄の日記』

～名前～

お前に名を授けよう
お前は山であり空であり星である
お前は世界である
お前の名は、この世界のものである

*

その写真に写る光景は手からこぼれそうなほど雄大に感じられた。夕暮れの光の一線が大地の果てで赤く燃え上がり、今まさに太陽が沈まんとしている。土地の広大さは、自然の営みに過ぎない瞬間を、まるで神々しい奇跡であるかのように思わせる。

彼女がしばしその光景に見入った時だ。

「ああ。その写真集、一冊だけだったのに」

見ると、エレベーター脇の写真集コーナーの前に長身の男が立っていた。はっとするほどに端整ながら、どこか希薄な存在感の男だ。この世界の、どこにも寄る辺がないような――

彼女が手に取りかけた写真集をちらりと見て、男は続けた。

「ボクもその本を買おうか迷っていたんですよ。一度はやめようと思って帰りかけたんですけど……やっぱり自分のものにしないと後悔する気がして。そうして戻ってきたら、あなたがまさにその一冊を手に取っていたというわけ」

そう言うと、男は夕暮れの大地から彼女へと視線を移した。こぼれんばかりの艶やかな笑みを浮かべる。

「これって、運命かな？」

＊

『雌雄を決する時！　アメリカ大統領選挙のすべて
共生党ケイシー・ファガーソン候補、民政党ラルフ・ダックワース候補を全解剖！』
東京ステーションホテルのラウンジで、未森は仰々しいキャッチが躍る雑誌を広げた。異国の選挙をお祭り騒ぎのように報じる記事にちぐはぐな感が拭えない。自国の選挙についても、このくらいの熱量で扱えばいいのにと思う。

気配を感じた。顔を上げると、ラウンジの従業員に先導されて母のまり明が入ってきた。未森は立ち上がった。待ち人の〝彼女たち〟が到着したのだ。

まり明の後を二人の女性が付いてくる。すぐ後ろを歩く女性の姿は、小柄な母よりさらに小ぢんまりと見えていた。長い黒髪に黒い瞳、ベージュの綿パンツに赤いネルシャツ、カーキ色のナイロンジャンパーという恰好をしており、華美のかけらもない。身長は百五十センチ台半ば、もうすぐ二十歳という年齢より幼く見える。

だが、未森が彼女のほうへ手を差し伸べた瞬間、その印象は変わった。自分を見上げる瑞々しい黒い瞳には強い光が宿っており、何もかも見抜かれてしまいそうな成熟があった。秋の佇まいから感じるのが大陸に吹く風ならば、彼女から感じたのは太陽と月に交互に照らされる大地そのものだった。なんと清らか、かつ力強い黒。厳しく、慈悲深い——

「初めまして。ラウラ・ウゥフです。ディハツィ族の代表として参りました」

真っ直ぐな声音が未森の耳を打つ。底知れない瞳の色に反し、声にはあどけなさが残っている。未森の足の裏が、なぜかふわりと浮き立った。

続いて、最後尾を歩いていた女性と挨拶を交わした。長い金髪を一つに括った化粧っ気のない女性で、恰好もパンツ姿にジャケットとやはりラフなものだった。首には大きなフェルト地のモチーフがぶら下がったペンダントを提げている。への字の唇の形が、彼女を気が強そうに見せていた。

「メアリー・ケリントンです。お会いできて光栄です」

メアリーはアメリカ先住民族の研究をしているシンクタンク『ネイティブ・アメリカン研究所』の所長だ。

未森も自己紹介をしてから彼女たちを促し、四人で席に着いた。空港に迎えに行ったまり明とラウラはすでに打ち解けているのか、屈託なく言葉を交わしている。気を利かせてオーダーした季節のスイーツセットを見て目を輝かせる様は、年相応の素朴な女性だ。

「車中で彼女の部族についても色々と聞かせていただいたの。興味深いわ」

まり明の言葉に、メロンがふんだんに盛られたタルトを頬張ったラウラがにこりと微笑んだ。

アメリカ南部にある居留地に住むディハツィ族。人口が一千人ほどの小規模な集落で、昔ながらの素朴な習慣を守って暮らす部族だという。

「ディハツィ族では、子供が産まれた時、その産声(うぶごえ)を名前にするんですって」

「産声？」

「はい。この世で発する第一声ですから。ディハツィのメディシンマン（呪術師、祈禱師）と族長である私の父アガダ・ウゥフは、部族の子の生誕の場には必ず立ち会います。そうして泣き声を聞き、その音をそのまま名前にする。そうして名付けの儀式の言葉を捧げる。〝お前に名を授けよう　お前は山であり空であり星である〟――こうすることで、その子供は大地に受け入れられたことになるのです。だから、何も恐れることはない」

言い切る彼女の言葉は清々しかった。信仰とも違う、生きることそのものといった力強さだ。

まり明が感嘆の声を上げた。

「じゃあ、ラウラは〝ラウラ～〟って泣きながら産まれてきたのね」

「その通りです。ちなみに妹はインイン、弟はヴィンガです」

「素敵ね。どれも躍動感がある、愛おしい名前だわ」

素直なまり明の賛辞に、ラウラも心底嬉しそうに笑った。今度はやけに幼く見える。

気付くと未森は、ころころと表情を変え、美味しそうにタルトを頬張るラウラの姿をじっと見ていた。母に「未森？」と覗き込まれ、やっと我に返る。

「し、失礼しました。ミズ・ウゥフが当図書館に寄贈してくださる日記、僕も拝見するのをとても楽しみにしておりました」

「ラウラと呼んでください。私はミモリとお呼びしても？」

そう答えるラウラが真っ直ぐ見据えてきた。つい未森は口ごもってしまう。

「……はい、未森と呼んでください。空港からここまで、疲れませんでしたか？」

「ちっとも！　マリアの車の運転はとても上手でした。そうだ、それにマリアは強いって聞きました。カラテ、シハンダイ？」

ラウラが明るく笑った。メアリーも頷いて続ける。

「今回の来日、ラウラには何があるか分かりません。こうして図書館の皆さんには慎重を期していただいて感謝しています」

事の起こりは、ディハツィ族の族長であるウゥフ家に代々伝わっていた一冊の日記が発見、大々的に発表されたことによる。この発見者が、ディハツィ族が住む居留地に調査で訪れていたメアリーだった。今回、日記が本国アメリカを差し置いて、ここ日本の私設図書館に辿り着いたのには複雑な事情がある。仲介したのはＡＢＡＷのロブ・ベイリー会長の信頼も厚い古書籍研究者、ドナルド・リッツだ。

日記が書かれた年代は一八六〇年代後半のアメリカ、時代は南北戦争直後になる。書いた主はショーン・ファガーソン将軍。戦後の混乱期、先住部族たちとの融和に努めた人物として今に語り継がれている英雄だ。さらにファガーソン家は代々政治家を輩出しており、現在もショーンから下って七代目になるケイシー・ファガーソンが今冬行われる大統領選挙に共生党から立候補している。伝統を重んじる保守層に圧倒的な人気を誇るケイシーと大統領選を戦うのは、民政党の急進派ラルフ・ダックワースだ。

　ところがここにきて、今回発見されたのがファガーソン家の偉大なる先祖であり、国の英雄でもあるショーンの日記だった。内容は貴重な史料としてもさることながら、先住民たちの信頼も厚かったとされる英雄の姿からはかけ離れた衝撃的なものだった。

　日記は先住民らに対する憎悪と嘲りに満ちていた。さらには文字を知らない彼らに適当な通訳を付け、不公平極まりない契約書にサインさせた経緯までが面白おかしく綴られている。搾取（さくしゅ）の挙句、彼らを居留地に追いやったこと、白人の居住地を集団で襲った部族の集落をせん滅したことなどが事細かに記され、ショーンがいかにして西部の先住民たちを追いやり、蹂躙（じゅうりん）したかという血なまぐさい実録だったのだ。

　敏感な内容を含む上に、時期が時期だ。どんな妨害工作や裁判沙汰に発展するか予想できない。ファガーソン側から一方的に虚偽とされ、史料どころかディハツィ族やメアリーと研究所ですら社会的に抹殺される恐れもある。そこでアメリカ開拓史を活写した生きた史料を守るため、本国とは遠く離れた水底図書館に収蔵が打診されることになったのだ。

　とはいえ、国境を越えたとしても、これが危険な一冊であることに変わりはない。何しろことと次第によっては、大統領選挙の行方を左右しかねない内容なのだ。今現在、メディア各社、世論も日記の真贋を慎重に探っているという感じだ。しかし、すでかなりの興味を以て人々の口の端に上り始めている。これが本物と確定したら、各社は今とは比べ物にならない勢いで報道し、ダックワースはファガーソンの先祖の悪行をここぞとばかり叩くはずである。よって、すこぶる具合の悪いこの日記を収奪せんと、来日しているラウラにファガーソン陣営が接近する恐れは十分にあった。

けれど、目の前にいるラウラからは緊張のようなものは感じられなかった。彼女はメアリーとともにアクウァ東京に滞在することになっている。

「ホテルにはお二人の泊まる部屋周辺に警護を付けるようお願いしています。外出される際はあなたの幼馴染みがボディーガードになってくれると聞いていますが……よければ、応援を頼めそうな友人を紹介しますが」

もちろん秋のことだ。今回のラウラとメアリーの来日に際し、護衛を頼もうかと考えていたのである。まだしばらく日本にいると言っていたから、きっと引き受けてくれる。

ラウラは笑って首を振った。

「安心してください。私の幼馴染みも身体を鍛えているのです。立派なボディーガードになります」

「幼馴染みということは、その方も……先住民の？」

呼称に迷う。察したラウラが笑顔を見せた。

「私たちのことは〝ディハツィの人〟と呼んでください。私自身はインディアンという呼称に特に思うところはないのですが、もちろん嫌う人もいます。それは理解できます。なぜなら、それは呪いだからです」

「呪い?」

「はい。私たちはあの土地にそれぞれの部族ごとに言葉を持ち、生活習慣を持ち、生きていました。そこに後からやってきた白い人たちが、私たちをひと括りにするために呪文をかけました。それが先住民インディアンという名前の呪文です。私たちはその言葉で一つにされてしまいました。だから嫌う人もいます。名前は束縛になり、凶器にもなる」

彼女の声音は淡々としていた。けれど強い。未森は大いなる何かを垣間見るような気持ちになった。彼女が負う部族の記憶は、遠く広大な地平と繋がっている。最初の印象がより鮮烈に彼女の輪郭を縁取る。

そんな彼女を見て頷いていたメアリーが、首からかけているペンダントを手に持った。

「これ、ディハツィの集落で作っているお土産なんです。素敵でしょ?」

ペンダントはビーズの紐に四角や三角などの形のフェルト地が括り付けられていた。フェルトには人の目や鳥、花の模様が色鮮やかな糸で刺繍されている。

「この刺繍、すべてディハツィに伝わる魔除けの模様なんです。ディハツィには稼ぐ手段がないから、色々と試行錯誤していて」

言いかけたラウラの手元にあったスマホが、メッセージの着信を告げた。

「あ、バンガが東京駅に着いたと」

素早く操作したラウラが顔を輝かせた。まり明が未森に教えてくれる。

「バンガさんはラウラより五歳年上で、ディハツィの集落で兄妹同然に育ったのですって。彼は四年前に来日したんだっけ？」

「はい。バンガはニホンに憧れの人がいて、その人のもとで修業をしたくてずっと手紙を送り続けていたのです。念願がかなって来日が決まった時は、家族や友人一同で見送りました。会うのは久しぶりなんです。とても楽しみです」

そう言うと弾けるような笑顔を見せた。憧れ？　修業？　職人であろうか。

ラウンジを出て、東京ステーションホテルのフロントから外に出る。とたん、入り口の真正面に立ちふさがる男の姿が目に飛び込んだ。未森はぎょっとする。

ゆうに百九十センチを軽く超えている体躯は全身が鍛え上げられており、着ている服ははち切れんばかりだった。デニムに白い半そでTシャツという恰好は、十月という季節には薄すぎる気がするが、本人は気にする様子もない。太い首の上にある面立ちは精悍そのもので、頭頂部に括り上げられた黒髪が野性味を強調している。が、未森が驚いたのはその佇まいではなかった。彼の顔に覚えがあったのだ。

「あっ、〝グレート・インディアン〟じゃね？」

通りかかった若い男性二人が声を上げた。グレート・インディアン。その言葉に、未森の記憶の回路が繋がる。

人気急上昇中のプロレスラー、グレート・インディアン！　プロレス団体『激魂プロレス』の代表、大岩ガンに憧れて来日したという話は有名で、その恵まれた体躯や強さは、野性味あふれる風貌とともに鮮烈な印象を与えている。加えて、リング上の荒々しい強さに反し、普段は学者然としたストイックな佇まいなのだ。男女問わず人気があり、最近はメディアなどでも取り上げられることが増えていた。

その〝グレート・インディアン〟を見たラウラが顔を輝かせた。「バンガ！」と叫んで壁のような逞しい身体に飛び付く。彼……バンガも表情をゆるませ、ラウラを太い両腕で抱きしめた。潰してしまうのでは？　未森はヒヤリとする。

「すまない、ラウラ。空港まで行けなくて」

「大丈夫！　ここにいるマリアが迎えに来てくれたもの。バンガ、好き嫌いはしていない？　ちゃんと眠れている？　朝と夜のお祈りは毎日欠かさずしている？」

まるで母親のようなことを言ってから、ラウラは三人を振り向いた。

「紹介します。バンガ・シーム。私の幼馴染みです。来日中はずっと彼が一緒にいてくれます」

三人と握手を交わしたバンガが、リングの哲学者とも称される静かな声音で言った。

「ディハツィにある宝がニホンにやってくると聞きました。この上ない名誉です。事情は聞いています。ラウラたちが無事帰国できるよう、全力で守ることを約束します」

確かに、この男であれば立派なボディーガードになる。秋ですらお呼びでない感じだ。

それから、ひとまず未森は一行と離れ、水底図書館に戻ることにした。彼女たちはアクウァ東京へと向かう。肝心の日記は晩餐の席で見せてもらう予定だった。場所はアクウァ東京内のレストラン『ソレイユ』だ。先日の『ノストラダムスの予言集』の一件もあり、チーフの加東剣は頼れると思い、ここに決めた。

一人になった未森は駅の構内へと入ろうとした。が、ふと思い立ち、きびすを返した。丸善の丸の内本店に行こうと思ったのだ。アメリカの先住民族についての本をいくつか買いたいと考えた。三階かな。通い慣れた店内を思い浮かべる。そうだ、秋を真似するわけではないが、あの子の病室が明るくなるような絵ハガキの一枚でも買おうか――

丸の内オアゾのビルに入ってすぐに足を止めた。屋内のフロアに面した店舗の出入り口から馴染みの姿が出てきたのだ。秋だ。声をかけようと上げた手が、宙に浮く。
彼の背後から一人の女性が現れた。上からお椀をかぶせたみたいなもっさりしたショートボブ、黒縁のメガネが地味な印象だ。コートもロングスカートも暗い茶系で、見るからに目を引く秋と並ぶと質素さがさらに際立つ。が、秋を見上げる頬はほのかに上気していた。そんな彼女を見つめ返す秋の顔つきも優しい。未森は上げかけた声を呑み、あわてて北口のほうへと引き返した。

モテると豪語しているのは伊達ではない。一見素朴な女性を、あんなにも輝かせることができるのだから。

秋はいくつもの顔を持っている。女性を蕩かす男の顔、腕利きの古書ハンター、ディーラーの顔、鍛え上げた武人の顔――

しかし、来歴も含め、まったく正体が摑めないことを未森は実感していた。先日の王国雲の件もそうだ。あの日以来、彼の口からその名を聞かされたことはない。彼が言っていた『水底图书馆（シウエイディートゥーシウーグウアン）』とは王の受賞作『Ｕｎｄｅｒｗａｔｅｒ Ｌｉｂｒａｒｙ』のことか？　秋はその〝本〟について、夢二から何か聞かされていないかと訊いたのか？

ずっとくすぶっている疑惑を抱えたまま北口から構内に入り、地下三階の入り口から水底図書館へと向かう。途中の三つの門扉を鍵で開け閉めしながら、螺旋階段を一気に駆け下りる。図書館の入り口の門の前には祖父母の小次郎と綾音がいた。いつものんびりした佇まいの二人には珍しくしかめっ面だ。異常を察知した未森は、門を開けてもらうや急いで質した。

「何かあった？」

小次郎と視線を交わした綾音が、手にしていたタブレットを未森のほうへ向けた。図書館専用のメールのホーム画面だ。アドレス情報は公開していないので、知っているのは関係者、もしくは今までこの図書館と何らかの接触があったもの、そしてその周辺となる。

画面には一件のメールの内容が表示されていた。海外の見たこともないプロバイダからだ。受信時刻は一時間ほど前。その文面を一目見た未森は息を呑んだ。

『Indians are liars』

〝インディアンは嘘つきだ〟——

無機的な画面、素っ気ないフォントの文字が放つ悪意に激しい憤りを覚えた。ラウラの笑顔が脳裏に閃く。

呪い。その通りだ。名前は彼女らに呪いをかけ、こうして辱めて束縛する。

「ケイシー側……共生党陣営の仕業かしら。脅迫のつもり？」

綾音が冷静な声でつぶやいた。小次郎も頷く。

「日記の存在を大々的に知らされてはまずいことになりかねない。特に今は。共生党側としては、何が何でも日記の存在を握りつぶしたいだろうね」

そのためにメアリーは、共生党の手が届かない場所で安全に日記を保存したいと考えた。そこで入るのも困難な、ここ水底図書館に収蔵することに決めたのだ。

送られた英文をじっと見つめ、綾音が言った。

「しかも侮辱罪には問えるけど、脅迫ではないと言い逃れできる文面ね」

「もちろんわざとだろう。アドレスから足が付くようなことをするわけがないし」

「連中の目的はあくまで日記のはず。図書館に日記を収蔵して帰国する明後日まで……なんとしても二人を守らないと」

逞しいバンガの姿を思い出した。確かに頼もしいが、相手は大国を二分する巨大政党だ。どんな攻勢をかけてくるか分からない。しかもここは異国だ。もしも日本で日記ごとラウラやメアリーが消えたとしても、本国アメリカではほとんど知られないという情報を操作することも可能なのでは――

やはり不安だ。気付くと、スマホを取り出していた。秋が今現在使っていると思しい番号を表示する。けれど、番号をタップしようとする指先が束の間ためらった。

貝塚秋。友好的でいながら、腹の底は決して見せない。

心から信用できるのか。できないのか。分からない。

でも――

秋の姿に、ラウラの笑顔が重なる。未森は思い切って画面をタップした。


夜の七時、客室がある上階からレストラン『ソレイユ』がある三十三階に下りてきたメアリーとラウラは、豪奢なフロアに目を瞠った。

ラウラとメアリー、ボディーガードのバンガを促して店内に入った。三人には館長の五色夢二は一身上の都合で来られないと告げてある。

予約した席はフロアの一隅で、天井から下がった薄布や配された観葉植物でほかの席とは仕切られていた。すでに祖父母と母がいたのだが、驚くことに、綾音がバンガのファンだと言い出した。現れたバンガを、少女のように目をきらきらとさせて見上げる。

「まさか〝グレート・インディアン〟さんにお会いできるなんて……お、お写真一緒に撮っていただいてもいいですか？」

戸惑いながらもバンガが了承すると、綾音は夫の小次郎に自分のスマホを渡し、バンガと並んで写真に収まった。巨軀のバンガの隣では、華奢で小柄な綾音は添えられたぬいぐるみのようだ。店内にもバンガに気付いた客がいたらしい。注目されている幼馴染みを見たラウラが笑顔を見せた。

「バンガがニホンでこんなに有名人だったなんて。誇らしいです」

「祖母が騒いでしまってすみません……普段はあんなはしゃぐような人ではないのですが。どうやらプロレス好きだったようです」

「なぜ謝るのです？　それだけバンガを好いてくれているのです。私はとても嬉しい。それにミモリのおじいさんとおばあさん、とてもいい顔をしています。本に囲まれて暮らす人は、みんなあのようにいい目になるのでしょうか」

「目？」

「はい。ディハツィ族で言う、オオカミの目です。世界をよく見ようとしている目です。マリアも、もちろんミモリも」

そうささやくラウラの黒い瞳がすぐそこにある。深くて、吸い込まれそうな——未森は思わず空咳をして「失礼」と席を立った。化粧室に行く振りをして、店内をさりげなく見回す。

と、その目に見知った顔が映った。別の席に座る秋だ。目が合うが素知らぬ顔だ。未森はぎょっとした。彼の前には、あの女性も座っていたのだ。

護衛を引き受けてくれたのはいいものの、彼女連れか？　未森は呆れたが、今夜の彼の予定をぶち壊したのは自分である。来てくれただけでもありがたい。それに、万が一ケイシー陣営側が何かを仕掛けたとしても、周囲の一般人を危険に巻き込むとは思えない。

秋とテーブルを挟んで座る女性はうつむきがちだが、卓上のキャンドルに照らし出された顔ははっとするほど可愛らしく見えた。秋に話しかけられるたび、首をかすかに傾げながら一言一言答えている。言葉を交わすほどに、最初の地味な印象が溶けていく。あれが恋の力か。未森は彼ら二人に背を向けてレストランの外に出た。フロアを一回ざっと見て回ってから、すぐに店内に戻った。

晩餐は和やかに進んだ。オードブルを皮切りに運ばれてくる料理は、どれも見た目からして独創的だった。細長い皿に宝石のように並べられた野菜のオードブル、ガラスの大皿に盛られたカボチャのスープ、花束を思わせる形に盛り付けられた付け合わせと鴨肉のロースト……ラウラは運ばれてくるたびに「アートみたい」と目を輝かせた。

流暢な英語で料理の説明をするチーフの加東が、ちらりと未森に目配せする。予約の際、彼には少し警戒を要したい客を連れていくと言ってある。かすかに笑んだ彼の表情を見るに、今のところ周囲にも異常はないようだ。

メインを食べ終わり、ひとしきり互いのことについて語り合ってから、ラウラが居住まいを正した。手元に置いていた麻の袋の中から一冊の本を取り出す。『英雄の日記』だ。

表紙の装幀には茶色っぽくなめした革が使われていた。茶色い色はどうやらもとの色から変色したもののようだ。よくよく見ると、毛穴のようなものまで見えている。が、それより目を引いたのは、裏表紙一面に施された刺繍だった。

複雑な模様が、日記を下から支えるように刺繍されている。色は全部黒色のせいか迫力がある。水面に広がる波紋にも似た模様は、宇宙の構造すらも連想させた。

本をそっと撫でたラウラが顔を曇らせる。

「ディハツィの部族とショーン・ファガーソン将軍が率いる政府軍は激しい戦いを繰り広げました。ですが、我が部族は次第に劣勢に追いやられました。それはかつての部族長であり英雄でもあったオンゾ・ウゥフが討たれるという事態でさらに決定的なものになりました。新たに部族長となったオンゾの弟、スワカは起死回生を狙って政府軍の駐留地に攻め入ったのです。ですが槍や馬は鉄砲には敵いませんでした。スワカたちはその場で皆殺しにされ、残った部族民たちは全員現在の南部居留地へと移住させられたのです」

ファガーソン将軍は混乱を呈するアメリカ西部の安定を目指し、部族民たちの領土を無下に奪うことはせずに共存を図るべきと主張したと伝わっている。当時としてはかなりの異端者だ。だが、そんな彼でも南北戦争による混乱、白人と部族民たちとの間に生まれた根深い憎悪の応酬には抗えず、攻め込む彼らには武器を取って戦った。が、たとえ敵であろうとも、ほかの政府側の将軍らとは違い、彼らの遺体も丁重に埋葬し、敬意を払ったと語り継がれている。ショーン・ファガーソンは近代アメリカの栄光、勇気、そして良心であり苦悩なのだ。数々のドラマチックな逸話に彩られたこの英雄が、今なおアメリカで人気が高いのも頷ける。

しかしこの日記は、そんな英雄像を根底からひっくり返してしまう危険なものだ。裏切られたと感じる国民は多いであろう。今冬に行われる大統領選にも影響を及ぼすと候補者両陣営が考えるのは当然だ。

メアリーが慎重に口を開いた。

「この日記の存在を公表して以来、私の研究所にも脅迫めいたメールが複数届いています。また、これもファガーソン側の工作とは思うのですが、この日記そのものが虚偽であり、ディハツィ族を嘘つき呼ばわりする世論を形成せんとする動きが見られます。こんなことは断じて許せません。ネイティブ・アメリカンの歴史、文化を守るだけではありません。英雄でもなんでもない残酷な人間を持ち上げていたことは否定されなければならないのです。たとえ見たくない真実だとしても。正義が行われなければばならない」

正義という言葉にやけに力を込めた。綾音がかすかに眉宇を曇らせる。

「ですが、この内容が虚偽ではないとする明確な証拠のようなものがなければ、世論を変えることは難しいのでは？」

「その通りです。実はこの日記そのものに、重大な証拠があるのです」

大きく頷いたメアリーがラウラを見た。ラウラは表紙をそっと撫でると、硬い声で続けた。

「この表紙……一部に、オンゾの皮が使われていると思われます」

未森だけでなく、まり明、綾音と小次郎も息を呑んだ。

「我々部族民は、戦いに勝利した証しとして殺した敵の頭の皮を剝ぐ風習がありました。それが強さの象徴だったのです。ショーンは……殺した私の祖先に、同じことをした」

「同じこと？」

「そのことも日記に書いてあります。〝野蛮人どもと同じことをしてやった〟と……彼はおそらく絶命したオンゾの頭の皮を剝いで毛を剃り、そのなめした革をこの日記の表紙に張ったのでしょう。だから、毛穴のようなものが見て取れるでしょう？」

絶句した未森たちの目の前で、ラウラが言葉を呑んだ。彼女の肩にバンガがそっと手を置く。こぼれ落ちそうになる涙をかろうじて押しとどめ、ラウラはきっと顔を上げた。

「これは我らディハツィ族だけではない。大地の痛みの記録です。私は私の住む国の人たちに、かつてあの土地で何があったのかを知ってほしい。ただそれだけなのです」

「我々は族長アガダ・ウゥフの承諾を得て、表紙に張られた人皮と思しい部分をほんの少し切り取り、出国前に懇意の科学研究所に送りました。これが人の皮と判定され、さらにはＤＮＡ鑑定でウゥフ家の祖先だと分かれば」

「決定的とまではいかずとも、人の心を動かすには十分な証拠ですね」

青い顔をしたまり明がつぶやく。大国の負う薄暗い歴史の前には、東京の高級レストランの華やかな照明も届かない。

すると、ラウラが表情を崩した。

「すみません。この席で出す話ではありませんでした」

明日の夜、水底図書館で日記を手渡すことになっている。メアリー曰く、それまでには表紙の皮革部分の鑑定、本当に人の皮であった場合、あらかじめ提供されたウゥフ家の人間の検体と照合したＤＮＡ鑑定の結果が本国アメリカから知らされるという。

「日記を渡して、すぐに帰国しなければいけないのが残念です……本当はトウキョウをあちこち見てみたかったのですけど」

心底残念そうにラウラがつぶやく。そんな彼女をいたわるように、メアリーが肩に手を回した。

「仕方ないわ。何があるか分からないもの。ケイシー・ファガーソン側の妨害は警戒しなければ。ニホンには、また落ち着いたら来ればいいわ」

「そうですね……でもせめて、東京駅と皇居の周辺は見てみたいです。ガイドを見たら歩いていける距離にありました」

その時、色鮮やかなソルベの盛り合わせが運ばれてきた。寂しげな表情を一転させ、ラウラが「美味しそう」とはしゃいだ声を上げる。黄色いソルベを頬張るや、冷たい、と口をすぼめた。嬉しそうに振り向いた彼女の頬は薔薇色に輝いていた。くるくる変わる表情に、未森の目が奪われる。

とたん、未森の手元にあるスマホが震えた。「失礼」と言って操作すると、秋からメッセージが来ていた。

『デレデレするな』

彼の席からこちらが見えるのか？　うるさい、と返信しようとした時だ。再び新たなメッセージが着信した。

『明日、「来来」に行こうと誘え。それと――』

『来来』に誘え？　未森は首を傾げた。何があるか分からないのだから、ラウラには出歩いてほしくないのだが。

しかし、ソルベを頬張っては、綾音と小次郎からバンガの活躍を聞かされて目を輝かせているラウラを見ると、ホテルに閉じ込めておくのも気の毒になる。どうせ『来来』は東京駅の直近なのだ。秋もいることだし、このくらいは大目に見るか。

そこで秋の指示通りラウラを誘ってみた。「ギョーザ！」と目を見開く。

「食べてみたいと思っていました。嬉しい！　連れて行ってくれるの？」

だんだんと口調が砕けてきた。神秘的で強い女性の顔から、歳相応の無邪気な少女の顔へ。未森はますます目が離せなくなる。

それからディハツィの話題になった。収入源として作っている土産物を増やしたいという話をする。

「集落の伝記のような冊子を作るとか？　年長者から話を聞き取って」

小次郎の意見に「なるほど」とラウラが頷いた。未森はメアリーの首にかかっているペンダントを見た。

「そちら、見せていただいてもいいですか？」

メアリーが外したペンダントを見せてくれる。昼間に見たものとはまた違い、骨と彩色した羽根がぶら下がっている。デザインも素朴で、いかにもあり合わせで作ったという感じだ。そのペンダントを見つめながら、ラウラは真剣な声音で言った。

「もっと知恵を出し合って、収入になるものを考えなければなりません。集落の子供たちの未来に関わる」

程なく、歓迎の晩餐はつつがなく終了した。灘家全員で客室専用のエレベーターの前でバンガを含めた三人を見送る。二人の滞在のために、水底図書館が用意したのは最上階のスイートだった。その際、オーナーと旧知の仲だという秋を通じて、密かに護衛を付けてもらっていた。バンガもスイートのリビングで一晩中起きているという。

「ありがとうございました」

加東の落ち着いた声が上がった。見ると、『ソレイユ』から秋と女性が出てくるところだった。自然な仕草で彼女の肩にコートを羽織らせた秋が未森たちを見る。

「やあ。偶然だね」

いかにも好青年といった態（てい）で声をかけてくる。連れの女性が顔を赤らめた。秋が優しい声音で彼女を紹介した。

「友人の六海（むつみ）まどかさん。まどかさん、こちらボクの友人の灘未森君とそのご家族です」

ボク？　未森は笑いそうになるのを必死にこらえた。

顔を真っ赤にしたまま、まどかがひょこりと頭を下げた。

「あ、む、六海と申します。は、初めまして」

緊張からか声が裏返る。あわてた彼女が「す、すみません」とますます赤くなった。

「駅前の本屋で偶然知り合ってね……話が合うんだ。だから楽しくて、この頃はいつもこうして、ボクが強引に誘ってしまう」

「い、いいえ、そ、そんなこちらこそ、私も楽しくて、はい」

まどかがそわそわとコートを握ったり離したりしている。しきりに恥ずかしがる彼女の様子に、未森も自然と笑みがこぼれた。

すると、「ホント？」と秋がまどかの目を覗き込んだ。たじろぐ彼女のメガネは、熱にあてられて今にも曇りそうだ。

「ボクと一緒にいて、まどかさんは本当に楽しいのかな」

「えっ？　あ、はい、も、もちろん」

「嬉しいな。でもきっと……まどかさん、ボクには勝てないよ」

「え？」

「まどかさんが感じている楽しさより、ボクが感じている楽しさのほうがずっと大きいよ。だからまどかさん――あなたはボクに勝てない」

秋に間近で見つめられたまどかの顔が、これ以上ないくらい真っ赤になる。

よそでやれ！　という言葉を呑み込み、苦笑した。彼女の肩をそっと抱き寄せた秋が、地上へと続くエレベーターに乗り込む。扉が閉まってすぐに、綾音が声を上げた。

「可愛い子ね」

「そうね」とまり明も頷く。

「念のため、秋君にもここに来てもらっていたんでしょ？　デートを邪魔して悪かったわ。未森、お礼を言っておいて」

確かに素朴な印象ながらも、秋によって引き出される様々な表情は魅力的だった。が、頷きながらも、未森の心を占めていたのはやはりラウウラの喜びようだった。

『来来』の餃子を頬張るラウウラを想像する。なぜかソルベの甘酸っぱさが口の中に甦ってくる気がした。


翌日の午前十一時半、丸の内中央口前の駅前広場に集合した。メンツは未森、ラウラとバンガだ。東京駅から皇居方面へ歩いてみたいというラウウラのリクエストを容れ、少し早めに集合したのだ。現れたラウウラの足取りは弾んでいた。

「嬉しい。せっかく来たのに、ホテルだけでは寂しいと思っていました」

ラウウラはデニムに目深にかぶった黒いキャップ、昨日見たカーキのナイロンジャンパー、そして黒縁の伊達メガネという恰好だ。手には日記の入った麻の袋をしっかりと抱えている。改めて駅前の広場をぐるりと見回すと、感嘆の声を上げた。

「鉄の渓谷のようです。私が住むディハツィの集落とはまるで違いますが……調和の取れた美しさを感じます」

「美しい？　このビルだらけの景色が？」

意外な言葉だった。こんな大都会の光景、忌避されるのではないかと思っていたからだ。

はい、と頷き、ラウラはまた周囲を見渡した。行幸通りを指さす。

「あの大きい道の向こうに、この国のミカドが住む場所があるのでしょう？　その真正面に、国の心臓とも言える東京駅がある……この設計には心を打たれます。時代を経てもなお、何かを崇めるという精神が街の形に息づいている。人の営み、歴史を感じます。だからでしょうか。この場所は賑やかですが、どこか厳かです。かつてのディハツィの地にあったという〝湖を湛える山〟……聖地のようです」

その発想はなかった。が、確かに皇居を中心に、日本の中枢というべき機関がこの場所にはそろっている。見ようによっては、彼女の言う通り東京駅を含めた周囲一帯が聖地だ。

早速、三人で皇居方面へと向かう。ラウラは行幸通り沿いに並ぶ高いビル、道の両脇に光る堀を見ては声を上げた。

「大都会の真ん中に、こうして埋め立てられずに水が流れているというのが興味深いです。土地はやはり、生き物だからでしょうか」

そう言うと、ラウラは真面目な顔で続けた。

「水なくしては、呼吸できないのです。聖地は、勁く、そして清らかでなければなりません。だから東京の中心だというのに、こうして水を湛えているのでしょう」

水。ふと、東京駅の地下、水の底にあるあの図書館を思い浮かべた。

聖地――

江戸城前の石垣、和田倉噴水公園を過ぎて皇居前広場に入る。広い敷地を見渡したラウラが「サーキット！」と叫んだ時だ。

「あっ、あっ？　あーっ！」

悲鳴のような声が上がった。見ると、若い男性の二人連れがバンガを見ている。首から社員証を提げているので、近隣のサラリーマンであろう。目を輝かせてバンガに駆け寄ると、握手と写真撮影を求めた。

「ファンなんです！　も、も、もう、めっちゃファンなんです！」

背の低いほうの男性が特に熱心なファンらしい。バンガに握手をしてもらうと、今にも泣き出しそうな顔をした。

「あの、あの、今度の王者戦、俺も観に行くんで！　あの、頑張ってください！　俺、グレートさんの試合見てると、明日も頑張ろうって思えて……あ、あ、大好きです！」

どんどん支離滅裂になっていく。同僚に笑われてよけいに焦るのか、顔を真っ赤にした。バンガは慣れたもので、「ありがとうございます」と礼儀正しく礼を述べ、名残惜しそうな彼らと再度握手をして別れた。

「すごい。バンガは本当に有名人ね」

ラウラが半ば呆れたように笑った。が、その笑みにかすかな寂しさが混じる。

「ディハツィにもなかなか戻ってこないわけだわ。あんなに愛されて……」

本国アメリカでの居留地の生活は過酷だと聞く。格差は歴然としており、失業率は高止まり、呼応するように犯罪率や自殺率も高いという。

「彼らから見たら俺は毛色が違う。ちょっとした目新しい見世物だ」

バンガが自虐じみたことを言う。けれど、その耳に染み入りそうな声音で彼は続けた。

「だが、この国は俺に新しい名前をくれた。〝グレート・インディアン〟。この国の〝インディアン〟には……居場所があるといいと思っている」

そう言った幼馴染みの巨体を見上げ、ラウラはまた寂しげに笑った。

「居場所を見つけたのね。バンガ」

「今はまだ無理だが、もっと稼ぐようになったら仕送りを増やす」

「私も……闘うわ。ディハツィの未来のために」

ラウラがつぶやいた。そんな二人を、未森は少し離れたところで見守っていた。すぐそこにいるのに、遠い地平の彼方に二人の姿があるような気がした。

それから江戸城桜田門まで足を延ばしてひと通り眺めてから時計を見ると、十二時半になろうとしているところだった。午後一時の待ち合わせにちょうどいい。未森は二人を促して東京駅へと引き返した。広場に植えられたクロマツを見ては、ラウラが「ウキヨエで見た木！　本物！」と興奮した声を上げる。

ゆっくり歩いて二十分ほど、丸の内方面と線路を挟んで位置する八重洲方面に出た。かれこれ一時間以上歩いているが、ラウラもバンガもケロリとしている。高層ビルの谷間に埋もれるようにして建つ『来来』に到着すると、これまで見てきた大通り沿いの光景とはまた違う佇まいに、ラウラは大いに刺激されたようだった。

「こういうところに来たかったんです……！　しかもギョーザ！」

すると、路地の向かいの角からスケボーに乗った小柄な少年が現れた。未森の真横を素早く通り過ぎる。その面立ちに覚えがあった。『ソレイユ』で給仕に扮していた少年だ。遠ざかる彼の姿を束の間見遣った未森は、ラウラたちとともに店内に入った。

秋はほぼ定位置と化している隅の席に座っていた。入ってきた一行を見て「いらっしゃいませ」と笑った。立ち上がってラウラ、続いてバンガと握手をすると、しみじみ彼の巨軀を見上げた。

「あの〝グレート・インディアン〟と握手できるなんて光栄です。後で何か技を教えてもらおうかな」

外見は細身ながら、秋も武闘家としては猛者の部類に入る。握手した秋の全身から何かを感じたのか、バンガはいつになく表情を崩した。

「そうでしょうか。私のほうが教えを乞わなくてはならない気がします」

「まさか。メディアで目にするだけで、あなたの圧倒的な強さ、誇り高さは伝わります。僕はあなたに未知の〝技〟は教えることができるかもしれませんが、それだけです。あなたは強い。肉体だけでなく、何より精神が」

手放しの賛辞だ。その口調は真摯で、揶揄などかけらもない。バンガが照れたように小さく首を振る。ラウラが未森にこっそり耳打ちした。

「ミモリのお友達、いい人ですね。ニホンにはいい人ばかりです。安心しました」

「……バンガが真面目に頑張っているから、そういう人が周囲に集まるんですよ」

これも未森の本心から出た言葉だ。ラウラが誇らしげに頬を染めた。

そんな未森を、秋がちらりと見る。未森は唇を動かし、声を出さずに訊いた。

〝来た？〟

〝来た〟

〝準備は〟

〝万全〟

「いらっしゃい！　ご注文は？」

横から元気な声が割り入った。従業員のカノンだ。彼女も流暢な英語を話す。ラウラが手書きの紙をラミネート加工したメニューを手に顔をしかめた。

「私にはどれがいいのか分かりません……おススメは？」

「どれも美味しいけどね～あ、爆弾餃子はどうかな？　ｂｏｍｂ！」

「バ、バクダン？」

「そう。うちの餃子はどれも肉汁アッツアツで、気を付けてかじらないと口の中ヤケドしちゃうんだけど、それに唐辛子も入ってんの！　熱くて辛くて、口の中が弾ける感じ」

元気のいいカノンに圧倒されたのか、「それで」とラウラが頷いた。男性陣はそれぞれ定食と、追加餃子を最初から五人前注文した。加えてサラダ盛り合わせにから揚げ盛り合わせも注文する。「テーブルに載らないでしょ！」カノンが悲鳴を上げた。

程なく運ばれてきた餃子を前に、ラウラが「ワア」と目を輝かせた。用意してもらったフォークでおそるおそる餃子を刺し、口に運ぶ。とたん「熱っ」と叫んで笑い出した。

「熱いっ、あっ、そして辛い！　わ～辛い辛い！　本当に口の中が大騒ぎだわ！」

あわてて水を飲む。その様子に、ほかの三人も笑った。

「あ～でも美味しい！　すごーい美味しい！　幸せ。カノン、ありがとう」

すっかり打ち解けたカノンに手を振る。空いたテーブルの食器を片付けていたカノンが親指を立ててウィンクした。

それから、四人で怒濤の如く餃子を平らげた。五人前の餃子はあっという間になくなり（予想していたが）、さらに八人前追い餃した。とにかくバンガの食欲がすごい。加えて秋も負けじと食べている。「地球上の餃子を食べ尽くすつもり？」とカノンに呆れられた。

「身体が重たくなりそうですけど……？　平気ですか？」

さすがに心配になった未森は秋とバンガに訊ねた。が、二人はケロリとした顔で皿に二つ残った餃子をそれぞれ一つずつ口に放り込む。

「問題ない。俺とバンガはギョーザ・ブラザーズだぞ。食べれば食べるほど力が出る」

「誰がブラザーズ。っていうか、本当に餃子を飲み物のように食べましたね？」

空になった皿を前に、「美味しかった」とラウラが笑った。大将がおごってくれたイチゴアイスクリームを食べ、しばし四人で談笑する。それからバンガとラウラが店を出る身支度を始めた。キャップとメガネを着け、ジャンパーを羽織ったラウラが「お手洗い」と席を立った。五分ほどして戻ってくる。戻ってきた彼女を見た秋、バンガが立ち上がる。ラウラが日記の入った麻の袋を秋から手渡された。

「じゃあ行こう。未森は人と会うんだっけ？」

「ああ。僕はここで別れる。ラウラ、バンガ、また後で」

二人がにっこり笑い、店を出て行く。今日、会計をしてくれたのは大将だ。

「美味しかったー！　さすが大将！」

「あたぼうよ！」

大将といつものやり取りを交わした秋も外に出た。店に残ったのは、新しく入ってきた一組の客と未森だけになった。その場でスマホを取り出し、しばし弄る。やがて、ショートメールのアプリを立ち上げ、文面を打ち込んだ。

『ＯＫ』

店の隅、女子トイレの扉が開く気配がした。中から割烹着を着た女性が出てくる。不安げに未森を見て、ささやいた。

「本当に大丈夫でしょうか……？　カノンは。私の身代わりなんて」

眉を曇らせた割烹着姿のラウラに向かい、未森は力強く頷いてみせた。

「心配することはありません。バンガも……秋もいる」

＊

『来来』がある路地を出て、八重洲仲通りとさくら通りが交わる交差点に出た。秋はラウラに扮したカノン、そしてバンガとともに東京駅方面へと歩を進めた。

「秋」

バンガと秋に挟まれた形で歩くカノンが声をかけてくる。秋が頷いた時だ。

気配が迫った。小さいミニバンが三人の真横に滑り込む。後部座席のスライドドアが開くと同時に、二人の屈強な男が飛び出てきた。一人が手にしていた警棒で秋に襲いかかり、一人が真ん中を歩くカノンの腕を乱暴に摑んだ。そのまま車内に引きずり込もうとする。

「何をする！」

雷のような怒号を上げ、バンガがカノンと男の間に割り入った。大きい掌で相手の顔面を鷲摑みする。腕の筋肉がぶるりと波打つと同時に、男の身体はカノンから引き剝がされ、バンの車体に叩き付けられていた。よろけたカノンの手から麻の袋が飛び、男の足元に落ちる。

「貴様ら何者だ！」

　バンガの咆哮が響き渡った。猛るオオカミが吠えている。そんな様を連想しながら、秋は警棒を振りかざす相手を軽くいなした。手首を打って警棒を取り落とさせるや、相手の腕に自分の腕をヘビのようにするりと絡ませて動きを封じる。抵抗する男の肩をもう片方の手で押さえて挟み込み、肩の一点に向けて外側に体重をかけた。ゴキュ、と男の身体が震えた。肩が脱臼したのだ。喉が破れそうな悲鳴を上げ、男が道に転がる。

　バンガに叩き付けられた男が落ちた麻の袋を蹴散らし、バンに飛び込んだ。倒れた男の目の前に袋が飛んだが、彼は立ち上がるのに精いっぱいだ。右肩をかばいながら滑り込むようにバンに飛び乗ると、ドアを開けっぱなしのままバンは走り去った。あっという間の出来事だった。秋は呼吸一つ乱すことなく、肩をすくめた。

「白昼堂々か」

　気付くと唖然とした通行人たちに遠巻きに見つめられていた。全員が目をまん丸く見開き、ぽかんと口を開けている。

「大丈夫ですか？　怪我は？」

　道にへたり込んでいたカノンにバンガが手を差し伸べた。彼に手を引いてもらいながら、カノンは「大丈夫」と答える。眉間に深々としわを寄せ、バンガがうめいた。

「あいつらはなんだ……ラウラを狙っていた？　何者なんだ」

「普通に考えれば、ケイシー・ファガーソン陣営でしょうね。なんとしても先祖の不都合な日記の存在を隠蔽したい」

秋の言葉に、バンガがはっと顔を上げた。緊張が精悍な顔立ちをますます硬く見せている。

「ケイシー・ファガーソン……」

「ええ。今回のラウラさんの来日、日記の寄贈の妨害工作に出るとしたら彼らでしょう。それにしても、こんな真昼間に大胆だ。御覧の通り、目撃者もたくさんいる」

落ちた麻の袋に歩み寄り、上体をかがめて手に取った。中のものを取り出す。

袋に入っていたのは、使い古された英語辞書だった。重さも大きさも、ラウラがアメリカから持ち込んだ『英雄の日記』とほぼ同じものだ。本物の日記は『来来』に残った未森のワンショルダーバッグの中に入っている。バンガがつぶやいた。

「ダミーで良かった」

「その通りです。が、少しおかしかったですね」

手あかの付いた辞書を見つめながら秋はつぶやいた。バンガが眉をひそめる。

「おかしい？」

「ラウラさんが普段からこの袋に日記を入れて持ち歩いていることは、とっくにリサーチ済みのはず。今、連中はいつでもこの麻の袋を手に取って逃げられた。何度も目の前にあったんですから。だけど、彼らは持って行こうとしなかった」

「……どういうことだ?」

悲鳴が上がった。人垣が崩れる。端々から、「えっ」「見てっ」という言葉が飛び交う。声のほうを見たカノンが目を見開き、秋に取りすがった。

「しゅ、秋、あれっ」

振り向いた秋は眉をひそめた。

たむろする人々をかき分け、黒ずくめの集団が迫ってきた。

*

地上八階、地下一階建ての八重洲ブックセンターを見上げ、ラウラはため息をついた。

「このビル全部で本を売っている……? もしや世界中の本が集まっているのですか?」

ホテルに戻る前に本屋が見てみたいというラウラの希望を聞き、ここ八重洲ブックセンターに立ち寄っていた。最寄りのスーパーに行くにも、車で何十キロと走らなければならない居留地には独立した本屋がないという。地域に開かれた公共図書館もあるが、こんな大きい、新刊ばかりを扱う本屋は見たことがないとラウラは言った。

正面入り口から入り、中をつくづくと見回したラウラが振り向いた。

「お土産を買って帰りたい。ディハツィの子供たちに」

「じゃあ地下に行きますか？　カードとか手帳とか……文具が色々と売られていますよ」

地階に入るや、ラウラは雑貨類の間を歩いて目を輝かせた。猫や花のモチーフがあしらわれたカードをしきりに品定めしながら、しみじみとつぶやいた。

「羨ましい。こんなにたくさんのモノがあふれていて、その上、本がいっぱいあって。いつでも買える。一生のうち、どれだけ本が読めて勉強できるでしょう」

決して安穏としているとはいえない彼女らの暮らしを思うと、未森は何も言えなかった。大量の本に接する毎日を生きていながら、何一つ学んでいない気がしてしまう。

「ニホン語は難しいと聞きました。漢字一つ一つに意味があるのでしょう？　なぜ頭が混乱しないで文章が読めるのか不思議です」

「僕たちも母国語をすべてなんて分かっていませんよ。それだけ、先人たちが紡いできた言葉は奥深い。だけどそれは、どの国のどの言語を話す民族も同じなんじゃないかな」

「その道しるべになるのが本ですね」

ラウラの言葉に未森の心が動く。道しるべ。人を導き、繋ぎ合わせる——

未森の目を覗き込み、ラウラが訊いてきた。

「ミモリは、なぜミモリという名前なの？　どういう漢字を書くの？」

そういえば、改めて母や祖父母に訊ねたこともなかった。うーんと首を傾げる。

「ミモリの〝未〟は、まだ、いまだ、という意味です。モリは〝森〟……英語ではforestかなあ。まだ森ではない……」

ふと、閃いた。

「日本では、本屋や図書館のことを〝本の森〟と表現することもあるんです」

「へえ」

「まだ森ではない……完成することのない本屋や図書館……」

「じゃあそれって、人間そのもののことね」

「え？」つぶやいた彼女の顔を未森は振り向いた。

「人間の喜怒哀楽や知識は無限で、その無限を記したのが本でしょ？　だとしたら、〝本〟に完成なんかあり得ない。その本を置く本屋や図書館も同じ。〝未森〟という名前は永遠に完成しない森……本そのもの、つまり人間そのものなのね」

思いがけない言葉に、ラウラをじっと見た。気付いたラウラがはにかむ。その表情からも目が離せない。また、足の裏が浮き立つような感覚に襲われる。未森はあわてて「まずは本を見てみませんか？」とラウラに背を向けた。地上へ続く折り返し階段を上り始める。

その時、頭上から足音が降ってきた。とっさに顔を上げる。

一人の女性が階段を下りていた。恰好はごく普通のグレーのパンツスーツだ。が、彼女は未森が足を止めるや、突然手すりをひらりと乗り越えた。目の前に飛び降り、階段の行く手をふさぐ。「！」未森はとっさに背後のラウラをかばった。

結んでいない女の長い髪がふわりと舞い上がり、肩に落ちる。と思った時には、手に仕込まれていた鋭い刃先が未森の目を狙って突き出されていた。未森は反射的にその手首を摑んで顔をそらせた。刃先が頬を掠める。未森の動きに驚いたのか、女がにやりと笑った。こんな時だというのに、その笑みは大輪の薔薇を連想させた。

「――」

この女。未森が息を呑んだ時だ。

女がずいと踏み込んできた。摑まれた腕をぐっと自分に引き寄せて回転させ、未森の手から手首を抜く。そして再び攻撃を繰り出してきた。未森はその攻撃を左腕で防御すると、相手の脇腹に力の限り右の拳を食いこませた。「ぐう」とうめいた女の唇から唾液が飛び散る。

「ラウラ！」

隙を衝き、立ちすくむ彼女の手を引いて階段を駆け上がった。店の外に飛び出す。右手にある横断歩道がちょうど青だった。二人で一気に駆け抜ける。

船の帆を思わせるルーフが付いた八重洲口の歩行者デッキまで駆け込み、息をつく。振り返っても、追ってくる人影はなかった。どうやらあの女は単独で襲撃してきたらしい。

偽ラウラに誘導されなかったということは、『来来』から尾けていたのか。ちっとも気付かなかった。秋にどんな嫌みを言われるかと、天を仰ぎたくなる。ラウラは真っ青な顔で立ち尽くしていた。彼女を安心させようと、未森は無理に笑った。

「ホテルに戻りましょう。もっと色々と案内したかったけど」

言いかけた言葉を呑む。ラウラが抱きついてきたのだ。

「い、い、今のは……誰……？」

彼女の怯えが全身に伝わる。未森は息を呑み、やっとのことでその肩に手を置いた。

「なぜ？　どうして？　どうしてこんな」

「ラウラ」

「私たちが不都合な真実を持っているから……？　だからああして口をふさごうとするの？　暴力で？」

「――」

「変わらない。私たちの声はこうして暴力で封じられる……！　変わらない。私たちはずっと辱められている！　変わらない。変わらない！」

彼女の悲痛な声が、未森を遠い大地へと連れ去る。東京駅の雑踏が遠い。気付くと、震える彼女の身体を抱きしめていた。なんと不器用で、無力な手か。

二人の傍らを大勢の人が行き過ぎる。その賑やかさが、よけいにラウラを一人なのだと感じさせた。

すると、腕の中のラウラがぶるりと震えた。恥ずかしそうに顔を上げる。その瞳は潤んではいたが、表情には笑みが戻っていた。

「……てる」

「え？」

「ミモリのポケット。ブルブル震えてます」

ジャケットのポケットに入れていたスマホだ。取り出して見ると、相手は秋だった。

「秋？　そちらは平気ですか？　こっちはたった今――」

「やられた」

「は？」

「バンガが……連れて行かれた」

思わずラウラを振り向いた。喧騒をはらんだ風が吹き抜ける。けれど微動だにせず未森を見つめ返すラウラの瞳は、硬く凍っていた。

未森に連れられて水底図書館へと入ったラウラ、メアリーは息を呑んだ。日本の中枢である東京駅の雑踏の真下に潜む図書館。これだけでも驚くのに、ましてや二重の巨大水槽の中にあるとあっては、驚嘆を通り越して畏怖の念を覚えるのも当然である。螺旋階段を下り、下で待ち受けていた母や祖父母たちに迎え入れられてもなお、二人は声も出せずに水底図書館の内部を見回していた。

「こんな場所が……この世に存在するなんて」

やっとのことでつぶやいたラウラの声音には、感動すら混じっていた。上気した顔で未森、そして同行した秋を振り返る。

しかし、メアリーはすぐに現実に引き戻されたようだった。硬い表情で「緊急事態ってどういうこと?」とラウラに訊ねる。ラウラは唇を嚙んでうつむいた。日記を入れ直した麻の袋を胸の前でぎゅっと抱きかかえる。

「バンガが……私の大切な幼馴染みが、連れ去られたと」

「えっ?」

メアリーが顔色を変えた。あわてた様子でラウラに迫る。

「そ、そんなバカな。なぜ！」

「分かりません……今日、ミモリとシュウは東京駅付近を見たいという私のために身代わりの女の子まで用意してくれたのですが……店を出たとたん襲われてしまったのです」

「……」

「一度は撃退したそうなのですが、また後からやってきてバンガを連れ去ってしまったと。シュウは必死に抵抗してくれたようなのですが、相手は大人数だったそうです。彼らは棒でバンガを打ちのめし、そのまま車に乗せていってしまった――」

震えるラウラの言葉を、メアリーは呆然と聞いていた。「そんな」「バカな」と延々繰り返す。

館長席側の書架の陰から五色匠一が姿を現した。唐突に現れた鋭い眼光の老爺の姿に、メアリーが息を呑む。一方のラウラは、匠一の修行僧を思わせる佇まいを見ても臆することなく、じっと彼の目を見つめた。

その時、ラウラのスマホが着信を告げた。ここ水底図書館でも、近年やっと通信設備を整備するようになった。地上ほど安定はしていないが、それでもスムーズな通信速度を確保できている。

画面を見たラウラが顔色を変えた。「ビデオ通話」とつぶやき、端末をタップする。

画面に現れたのは殺風景なコンクリートの壁を背に、椅子に座らされているバンガの上半身だった。太い鎖で椅子ごとぐるぐる巻きにされている。その姿を見たラウラが悲鳴を上げた。

バンガの顔は半分血まみれで、目元、口元に大きな痣があった。すでに意識がないのか、巨体を居眠りしている人のようにぐんにゃりと曲げて目を閉じている。周囲には棒やチェーンを持ったいかつい体格の男らが居並んでいた。

「バンガ……やめて！　お願い、彼を解放して！」

ラウラが悲鳴を上げると同時に、画面の前面に一人の男が顔を寄せた。サングラスをかけた固太りの男だ。彫りの深い顔立ちながら、国籍や人種が容易に言い当てられない雰囲気がある。

男が英語で言った。

「こいつを無事に解放してほしければ、日記は贋物であると公表しろ」

ラウラだけでなく、メアリーも「なんですって」とうめいた。ラウラが持つ端末に鼻先を近づけて怒鳴る。

「ケイシー・ファガーソンの差し金ね……？　卑怯者！　こんなことをして恥ずかしくないの？」

「従わなければこいつを再起不能にする。この先一生涯、首から下は動かなくなる」

男が画面から退いた。ぐったりしたバンガの首に、男の一人が太い腕を絡めて絞め上げる。気絶していたバンガの顔がみるみる真っ赤になった。ほかの男がバンガの手指を取り、妙な方向へ捻じ曲げた。バンガの口から獣じみた咆哮が爆ぜる。メアリーが金切り声を上げ、端末から飛びのいた。甲高い悲鳴とデジタル音声の咆哮がしばし混ざり合う。

「やめて！」

ラウラが叫んだ。

「やめて……お願いやめて、するわ、公表する、寄贈もやめるから」

「ラウラ！」

驚いたメアリーが振り向いた。まなじりをぎりりと吊り上げ、ラウラの肩を摑む。

「だめよ！　贋物だったなんて公表してはだめ！　これはファガーソン側の策謀よ！　この強引なやり口こそが、日記を本物だと証明しているようなものじゃないの！」

「でも、でもバンガが、私の大切な人が」

「よく考えてラウラ。ここでファガーソンの嘘を隠蔽することで、失ってしまうものは何？　正義じゃなくって？　私たちの良心ではなくって？」

鬼気迫る形相で詰め寄るメアリーを、ラウラが潤んだ瞳で見上げる。

「正義……」

「そうよ！　私たちは正義を成さなくてはならない。〝ネイティブ・アメリカン〟の真実……ファガーソンたちが行った暴虐から目をそむけてはならないのよ！」

メアリーを見つめるラウラの目が急速に乾いていく。未森は息を呑んだ。

瞳にあった柔らかな豊潤さは影を潜めていた。今、彼女の目からあふれ出るのは、獰猛なほどの強い意志だった。戦士の目だ。

ラウラがきっと五色を振り向いた。真正面から言い放つ。

「申し訳ありません。この『英雄の日記』は贋物です。内容はすべて虚偽です。ショーン・ファガーソンはやはり国の英雄なのです」

「ラウラ！」

絶望した声を上げたメアリーが天を振り仰いだ。

「その決断は間違っているわ！　あなたはまだ世間を知らない。感情に流されてはだめ。きっと後悔する！　今すぐ撤回を」

言いかけたメアリーの言葉が遮られた。彼女の端末にも着信があったからだ。画面を見たメアリーがこぼれんばかりに目を見開く。

「研究所から」

表紙の皮革部分を分析していた研究所からだ。メアリーの表情が明るくなる。

ここで人の皮と判断されれば、さらにはＤＮＡ鑑定でウゥフ家の一員だと判明すれば、いくらファガーソン側の策謀によって贋物にしようとしても無理が生じる。〝野蛮人どもと同じことをしてやった〟。この記述に真実味が増し、日記の内容が本物であると反証するに十分な根拠となるからだ。

急いた様子で電話に出る。電波が悪いのか、いらだたしげに「もしもし！　もしもし！」と怒鳴りながらそこら中を歩き回る。やがて、端末から響いてきた声を聞いたメアリーの顔からは、みるみる血の気が引いていった。しまいには、ろくに挨拶もせずに通話を切ってしまった。

「そんな」

その場にへたり込みそうな顔でメアリーがうなった。

「豚の皮……？　豚の皮だったって。そんな、そんな」

豚の皮。未森は眉をひそめた。まり明がおそるおそるというふうに口を開く。

「では、日記の内容にはやはり虚偽があったということ？」

「いいえ、それでもこれはショーン・ファガーソンの日記です！　筆跡からもそれは確かです！　たとえ一部に齟齬があったとしても……彼の悪行を書き記した本物の日記です！　それを脅迫して贋物だと言わせるなんて、こんな正義にもとる行いに我々は屈するわけにはいかない！」

「では、女性を襲わせる振りをするのもその正義ゆえですか？」

冷静な声音が場を裂いた。メアリーがぎょっと顔を上げる。

ここまで傍観者に徹していた秋だった。唖然とするメアリーのほうへ一歩近付く。

「先ほど、俺たちは店を出た直後に不審な男たちに襲われました。ですがおかしかったんですよ。もしもファガーソン側の手のものだとしたら、連中の目的はなんといっても日記を奪うことでしょう。それなのに、彼らは一顧だにしなかった」

「……」

「連中の目的は日記を奪うことじゃない。ラウラを襲って怖がらせることだった。そうすれば彼女はファガーソン陣営に襲われたと恐怖に震え、世間に訴えるでしょう。連中の目的はそれだったわけです。日記を持ち去らなかったのは、それをしてしまったら二度と日記を世間に向けて公表できないから。本来のファガーソン側は何があろうと日記を隠蔽したい立場ですからね。しかし俺たちを襲った連中の背後にいる黒幕の真の目的は、日記の暴露にあった。では、その黒幕とは一体誰か？」

滔々（とうとう）と続く秋の弁舌を、メアリーはぴくりとも動かずに聞いている。

「簡単です。ケイシー・ファガーソンを陥れたいラルフ・ダックワースです。そして襲撃者と通じていたのは――あなただ。メアリー」

口をパクパクと動かし、メアリーが後ずさった。「証拠は」とうめく。

「確固たる証拠があって言っていますか？　こ、このままでは、ただの侮辱」

「俺たちが今日、『来来』に行くと連中に伝えたのはあなたですよね」

店の前ですれ違ったスケボー少年を思い出す。彼が周囲を見張り、張り込んでいる不審な連中の情報を秋に伝えていたのだ。

蒼白になったメアリーがつばを散らして叫ぶ。

「わ、私がその店の情報を漏らしたと……？　しょ、しょ、証拠は」

「昨日の深夜、あなたと彼女との電話でのやり取り、聞いてましたから」

秋が自分の耳をとんとんとつつく。目を見開いたメアリーが、「いつの間に」と言いかけた。あわてて口を噤む。未森はほのかな罪悪感からそっと目をそらせた。事前に秋に言われて、晩餐の席で彼女のペンダントに米粒大の盗聴器を貼り付けたのは自分だ。

彼女とは、昨日秋が連れていた女性だ。そして八重洲ブックセンターで未森とラウラを襲った女性——

六海まどか。

「あらまあ」まどかがメアリーの仲間だったと知ったまり明が、目を丸くした。

「そうだったの？　ってことは、秋君に近付いたのも最初からそれが目的？」

「その通り。まったく無味乾燥な人生ですよ。水底図書館とゆかりの深い俺のことを張っていたんでしょうね」

　はあ、と秋が物憂げにため息をつく。

「彼女と出会ったのは、日本に戻ってきたばかりのひと月ほど前です。水底図書館に件の日記が寄贈されると発表された時期ですね。偶然、東京駅前の本屋で知り合いまして。自分が買おうか迷っていた写真集を手に取っている人物がいたんです。それが彼女でした。運命的な出会いでしょ？」

　顔をしかめたままのメアリーに向かい、蠱惑的な笑みを向ける。

「ですが悲しいかな、我々のような人間に〝偶然〟はないのです。彼女がその数日前からずっと俺を尾行しているのは気付いていました。だからあざといくらいのシチュエーションをお膳立てして、知り合うきっかけを作ってみたのですが……当初は何が目的で俺に接近したのか不明だったのです。が、寄贈の仲介をしたドナルドから連絡が来まして」

「ドナルド……古書籍研究者のドナルド・リッツ？」

「日記の発見と発表に関わったシンクタンク『ネイティブ・アメリカン研究所』には注意したほうがいい。大統領選に絡み、ラルフ・ダックワースと組んでいるようだ。水底図書館に寄贈を決めたのも、容易には手を出せない場所に保管したかったからであろう――」

ふっと秋が息をつく。

「あなたとダックワースグループの系列会社がさかんに接触しているのは分かっています。この日記の発見は、あなたにとっては僥倖だった。国の英雄ショーン・ファガーソンの悪行という裏の顔が書かれた日記の暴露を、政敵のラルフ・ダックワース側に持ちかけた。見返りは研究所への支援か何かでしょう」

「そ、それだけじゃないわ、だってこの日記に書かれているような悪行が許されて？　先住民らを虐殺し、迫害した歴史を美談で覆い隠すなんて……こ、このバンガを拉致したのだってファガーソンの仕業なのよ？　こうして彼を傷付け、ラウラに贋物だと言わせるよう脅迫するなんて……こんな横暴に屈してはならない！」

「同じことですよ。あなた方がラウラにしたことも」

秋の言葉に、メアリー、そしてラウラも息を呑んだ。

「ファガーソンのイメージを地に堕とすためだけに、世間の注目を浴びつつあるラウラに不信と憎悪を植え付ける。そうして彼女の魂を汚す……あの大陸に侵入した白人たちと何が違う？」

「……」

「むしろこのことが公になったら、ダメージを食らうのはダックワース側なのでは？　ただでさえ、日記の表紙に張られていたのは人の皮などではなく豚皮と判明したのです。しかも、ラウラ自身がこうして日記は贋物だと言っている。ファガーソン側はこれ幸いと、あなた方がディハツィの人たちを口八丁手八丁で言いくるめたと喧伝するでしょう。これ以上傷が広がる前に日記から手を引いたほうが賢明なのでは」

ぐっとメアリーが顔を赤くした。形勢不利ととったのか、きびすを返して入り口の門扉へと向かう。まり明が無言で彼女を追いかけた。司書がいなければ、中に入ることも外に出ることもできない。入り口を見つけることすらできない。確かに、ここ水底図書館は隠したい本を置いておくには最適の図書館かもしれない。

メアリーの足が止まった。ラウラを振り返る。

「後悔するわよ。あなたは自らの手で、ネイティブ・アメリカンの真実を葬ったのよ」

ラウラは答えなかった。まり明に先導され、メアリーが図書館内から姿を消す。その気配が消え去ってから、ラウラは手にしていた日記を胸にきつく抱え直した。

「騒がせてしまって申し訳ありませんでした。この日記は持って帰ります。〝贋物〟を収蔵するなんて、この図書館にはふさわしくない」

そう言うと、同じくきびすを返した。静かに門扉のほうへと向かう。

「我々の使命は貴重な史料を守ることにある」

突然、匠一が口を開いた。日本語に驚いたラウラが振り返る。未森はとっさに彼の言葉を翻訳して伝えた。

「我々はその史料を守り抜く所存だ。あなた方の戦いのために」

彼の言葉を聞いたラウラが目を見開いた。秋が小さく頷く。

「たとえ贋物だと発表しても、その日記を本国に持ち帰れば、ファガーソンのみならずダックワース側もどんな手を使ってでもなかったことにするでしょう。物理的に消し去り、世論を誘導して封殺し、そして忘却させる。そんなことになったら……あなた方の武器がなくなる」

「武器」とラウラがつぶやいた。未森も一歩踏み出す。

「本や史料は人の営み、歴史を後世に伝える最たるものです。時に、権力者たちは己には都合の悪いものとして、それを排除しようとする。けれど、そんなことはあってはならない。僕はあなたを――」

言いかけた言葉を呑んだ。ラウラの黒い瞳を見つめながら、未森は続けた。

「日記を守ります。そのために図書館はある」


昼過ぎの成田空港は活気にあふれていた。人種も年齢も様々な人々がカートや荷物を手に行き交っている。チェックインを済ませ、荷物を預けたラウラは未森と秋を振り返った。

「送ってくれてありがとう。ミモリ。シュウ」

あの後、水底図書館を出たメアリーはホテルからも姿をくらましてしまった。彼女の分の飛行機チケットだけがキャンセルされていたので、どうやらチケットを取り直し、先に帰国の途に就いたと推測できる。

昨夜のうちに、ショーン・ファガーソンの日記ではなかったというラウラの声明が発表された。同時に『英雄の日記』が正式に水底図書館に収蔵されたというニュースも、歴史的資料としての価値を認めたという図書館のコメントとともに、一夜にして古書籍業界を駆け巡った。

小さく息をつき、ラウラが肩をすくめた。

「まさかメアリーとダックワースが手を組んで、ファガーソン側の仕業に見せかけて私を脅かそうとしていたなんて思いませんでした」

「ですがメアリーたちも、あなたがファガーソンと組んでいたとは思いもしなかったでしょうね」

秋がにこやかな笑みを湛えたまま言う。ラウラが苦笑いした。

「そうでしょうね。きっと私を……いいえ、私たちディハツィの人間を世間知らずの純朴な人々と思っていたのでしょう。よもや自分たちが騙される側に回るとは想像もしなかったでしょうね」

　そう言うと、秋を見た。その顔には面白がるような表情があった。

「いつ気付きましたか？」

「ＡＢＡＷからの情報で、メアリーがラルフ・ダックワースに取り込まれているのは分かっていました。俺に近付いた女性がメアリーと通じていたことで、俺、未森とあなたを八重洲ブックセンターで襲った連中がダックワース側の人間だということも判明した。だけどちょっと妙ですよね。これだけダックワースがこぞってあなたを狙っていたというのに、肝心の日記の主の子孫であるファガーソン側が行動を起こさないのは」

「……」

「それもそのはず。すでに、あなたはファガーソンと取引していた」

　ラウラがにっこり笑う。隙のない雄々しい闘士の顔が、天真爛漫な笑みにくるまれている。が、不意に遠い目をして周囲を見回した。

「帰る前に、もう一度バンガに会いたかったな」

「昨日は一日練習を休んだでしょうから。もうすぐ王者戦です。もう休めないでしょう」

「ええ。ニホンには、彼にとってとてもいい友人や仲間がいるようです。それに……

〝グレート・インディアン〟はこの国で愛されている。本当に安心しました」

あの大きい、頑健そのものの幼馴染みを心から案じていたことが分かる。秋も微笑んだ。

「昨日の皆さんの演技、さすが〝激魂プロレス〟と感心しましたよ」

聞けば昨日の街中に、いかにも極悪な黒ずくめの恰好で、バンガが属するプロレス団体『激魂プロレス』のレスラーたちが現れたという。ビデオ通話でバンガを痛めつける演技をしていた男たちの正体は彼らだったのだ。

「昨日の時点では、俺やカノンの目前でバンガが彼らに拉致される……というのを想定していたのでしょう？　けど、彼らの姿を見たとたんにピンときましたから。ああこれは、あなたにも何か思惑があるのだなと。だからバンガから、全面的に協力することを条件に聞き出しました。あなたがファガーソンと取引していると。そのために……あの日記を贋物だと証言せざるを得ないシチュエーションを作りだすのだと」

「バンガが〝ジュウは信頼できた〟と言っていました。それに武道の達人なので、仲間のレスラーを怪我させられては困ると思ったとも。だからすべてを話すことにしたと」

感心した声を上げ、ラウラが頷いた。未森も口を挟んだ。

「流血も本物だし、顔の怪我もかなり上手く作り込んでいましたよね。絞め上げたり指を折る真似も真に迫っていた」

「最初は、顔の怪我も本当に殴らせるとバンガは言っていたんです。だけどそれはやめてと私が言いました。あなたは、誰も触れられない王者になるのだ。だから怪我をした顔なんかで王者戦に出てほしくない、と」

頭のほうは、少しカミソリで切るだけでかなり出血する。それでもラウラは「痛々しくて本当に震えました」と顔をしかめた。

「確かに、メアリーのように血を見慣れない人からすれば、本当だと思ってしまう」

「あの場では、メアリーさえ騙せればよかったのです。私が贋物だと言い出すことに説得力があればそれでよかった」

そう言うと、ふっと息をついた。

「実は……あの時、メアリーがもしもバンガを助けようと言ってくれたら、ダックワースに寝返ってもいいと考えていました。この日記は本物で、ショーン・ファガーソンは英雄の皮をかぶった非道な男であると大々的に訴えてもよかった」

ただでさえ、ちょっとした情報の露出、テレビに映る候補者の目線や仕草、言葉の一つで結果は左右される。こんな衝撃的な日記が暴露されたら、大統領選の行方を大いに揺さぶったであろうことは想像に難くない。

「ですが、彼女は〝正義にもとる〟と言いました。ファガーソンの日記を隠蔽することは〝不正義〟だと……バンガを見捨てることが、彼女にとっての〝正義〟だったのです」

つぶやく彼女の口元に、かすかな怒りが宿った。

「ネイティブ〝アメリカン〟？　なんと傲慢な名前でしょう。なぜ自分たちが中心にいると疑いもなく思えるのか」

それでも、やはり声音は静かだった。大地の力強さを感じる。すべての悲しみ、憎しみを吸い込み、ここにいる——

「私の祖父母、両親の誰もあの日記には関心を持ってこなかった。集落の大人たちはみなそうでした。けれど私は違った。読み込むうち、世間で喧伝されている英雄ショーン・ファガーソンの姿とはあまりにかけ離れていると知りました。内容の残虐な描写はとても作りものとは思えない。古い公文書も今はネットで公開されていますし、ショーンについては文献や残された公文書も多いですから筆跡も分かる。私は筆跡鑑定について図書館で勉強して、できる限りの史料を見て確信しました。あれは間違いなくショーン・ファガーソン自身による日記です。その子孫であるケイシー・ファガーソンが共生党代表として大統領選に選出されたと聞いた時、私は思いました」

「……」

「この日記には過去があり、そして未来がある。私はファガーソン陣営に接触し、日記を持ち込みました。そしてダックワース側に持ち込む用意もあると言いました。ご存知の通り、大統領選はイメージ戦略が何より重要です。ダックワース側がこぞってこの日記のことを取り上げるようになれば、どんなに取り繕おうともダメージは免れない。そこで彼らは私と手を組もうと言ってきました。だから私は言いました。

　この日記を利用して、ダックワース側にダメージを与えてみせよう。その見返りとして、ディハツィの居留地を通るパイプライン計画の撤回、地元の雇用の増大、教育、及び医療の助成を約束しろ。これら約束が守られなければ、我々はただちにこの日記が本物であると公言する。虚偽を申し立てた白い人間の喉笛に食らいつき、嚙みちぎる――二度と、約束は破らせない」

　かの大地にいたディハツィの人。時代を超え、その雄々しさ、逞しさが甦る。未森は圧倒的な力に気圧され、言葉を呑んだ。

　一方の秋がかすかに首を傾げ、彼女の顔を覗き込んだ。

「そうしてファガーソン側と密約を交わしてから、ダックワース側と関係が近い『ネイティブ・アメリカン研究所』に日記を持ち込み、あたかも大発見かのように喧伝させた。大騒ぎした分、今回君が贋物と認めたことで、ダックワース側のダメージは甚大だ。君は見事ファガーソンとの約束を守ったわけだ」

「そうですね」

「だけど……ファガーソンが約束を守るとは限らない。事実、日本でのことに彼らは関与していない。これは先を見越してのことだろう。約束が違うと日記のことを公表しても、贋物だと一蹴される可能性が大きいのでは？」

「ショーンは〝野蛮人どもと同じことをした〟と書いていましたね？　スカルプ……敵の頭の皮を剝ぐ行為。ですからメアリーには毛を剃った頭の皮を装幀に使ったのであろうと言いましたが……実際は違います」

胸の悪くなるようなことを、淡々とした声音でラウラが続ける。

「なぜ、私の祖先はあの日記を入手したと思いますか？　英雄オンゾを失ったディハツィ族は、オンゾの弟スワカを先頭に、ショーン・ファガーソン率いる白人たちの駐留地へ最後の戦いを挑んで乗り込んだ。その時……ファガーソンの私室だったのでしょう。混乱に乗じ、その部屋に飛び込んだスワカは見つけたのです」

ラウラがふいと遠くを見やる。視線の先には空港を行き交う人々しかいないのだが、彼女の目には、遠い祖国の血塗られた大地が映っているように思えた。

「そこには、英雄オンゾの剝がされた頭の皮が、かぶっていた羽根飾りごと置いてあったのです。その羽根飾りはディハツィの族長しかつけることを許されないものだった。それが……テーブルの上に飾られていたのです。白い人は我々の大地に侵入するだけに飽き足らず――英雄オンゾを殺して遺骸を辱めた！」

声音が鋭くなっていく。彼女の周囲にだけ、乾いた風が吹き抜けていくように感じた。

「スワカは怒りに震えました。このままではオンゾの魂は還る土地を見失う。そこでその場にいた一番若い戦士に、オンゾの遺骸をディハツィの集落に急ぎ持ち帰らせたのです。その後……スワカたちは全滅させられました。ディハツィの集落には白い人たちが押し寄せ……残っていた女性や子供、老人たちは犬にも劣る扱いを受け、不毛の大地へと追いやられました」

そう言うと、ラウラはきっと未森と秋を見た。瞳にたじろくほどの強い光を湛えて続ける。

「それから私たちの立場は何一つ変わらない。今も過酷な状況にいる」

「……」

「若い戦士が持ち帰ったオンゾの遺骸の中に、あの日記がくるまれていたのです。ショーンはあの日記をテーブルに立ててオンゾの頭の皮をかぶせ、帽子屋のディスプレイのように部屋に飾っていた。スワカを倒した白い人たちが集落に攻め入って来た時、祖先たちは二度と英雄オンゾが奪われないよう、遺骸を必死に隠したと聞きます。必然、あの日記も隠すことになった。そして居留地に追いやられた彼らはディハツィの悲劇を忘れぬよう、オンゾの遺骸とともにやって来た日記に刺繍をほどこしました」

「刺繍？　もしかして、あの日記の裏表紙の」

「あの黒い糸は――すべてオンゾの遺髪です」

息を呑んだ。未森は思わずうなった。

「ということは、オンゾの皮ではないが、髪の毛があの日記の装幀に――」

「ええ。ですが、これはファガーソンも知りません。万が一にもファガーソンが約束を破ったら、私はあの日記に縫い込まれているオンゾの遺髪をＤＮＡ鑑定に出します。そうしてウゥフ家の人間だと証明してもらい、大々的に発表します。さらにはファガーソンに脅されて贋物だと言わされたと告発する」

そんなにうまくいくとは思えない。が、よほど情けない顔をしていたのか、未森を見たラウラがぶっと噴き出した。

「ミモリ、ヘンな顔！　分かっています。無茶でしょう？　でも、我々は無力ではない。誇りある人間なのだと証明するためには武器が必要だった。だから……あの日記を守ってくれるとミスター・ゴシキ、そしてミモリとシュウが言ってくれた時は本当に嬉しかった。ありがとう。どうか……私たちの未来を守ってください。お願いします」

真っ直ぐ未森を見つめるラウラが手を出した。未森もその手を握り返す。

「ほんの少しの滞在でしたけれど、とても楽しかった。また会いたいです。あ、バンガの試合、ぜひ観に行ってあげてください！」

「……僕も。楽しかった。バンガの王者戦、観に行きます。あなたの分まで応援する」

嬉しそうに笑みを見せたラウラが、秋のほうにも手を差し出した。にっこり笑った彼が握手を交わす。

「また会いましょう。勇敢なディハツィの人。ところで……あなたとファガーソンを仲介したのは誰ですか？」

「え？」とラウラが目を見開いた。

「いきなりあなたがファガーソン陣営にコンタクトが取れるとは思えない。誰か仲介した人がいた。違いますか？」

まじまじと秋を見上げたラウラが、ため息をついた。

「本当にあなたは何もかもお見通しなのね。ええ、仲介してもらいました。〝Ark〟はご存知ですか？」

その名を聞いた秋の目元がぴくりと動いた。「〝Ark〟？」未森も声を上げる。例のノア・グリーンが代表を務めている慈善団体だ。

「ディハツィの集落に、〝Ark〟の支部の方々も出入りしているのです。あの人たちは素晴らしい。私欲でなく、生きとし生けるものが手を携えて融和する世界を望んでいる。あの人たちの無償の行為で、ディハツィも医療や教育などを助けられています。代表者のノア・グリーンは……大げさかもしれませんが、本当に神様のようだと思います」

熱っぽい口調に、未森も秋も言葉を挟めない。

「で、この日記のことを相談したところ……数日して、ファガーソン陣営の幹部が話を聞くという連絡が入りました。信じられない思いでしたが、やはり彼らもこの日記のことを重要視しており、結果、今回のような経緯となったわけです」

つまり、〝Ark〟は共生党陣営にも窓口を持っている。それだけ強大な力があるということか。

一連の出来事が大統領選に、そしてディハツィの人々にどう影響するのか分からない。けれどラウラから迷いは感じられなかった。覚悟して踏み出したのだと分かる。

この人たちは、まだ闘っているのだ。

小さいショルダーバッグを肩にかけ直し、ラウラが一歩離れた。

「行きます。本当にありがとうございました。この数日間のこと……私は一生忘れません」

何か言いたい。けれど、未森は口を開けなかった。今の自分では、彼女にかける言葉など何もない。

ラウラが淡く笑んだ。

「サヨナラ。シュウ。そして……〝人間〟という名前を持つ人」

未森が目を瞠る間もなく、きびすを返したラウラは出国ゲートのほうへと歩き去った。人ごみに紛れていく華奢な背中を見送る。そんな未森を、秋が肘で小突いてきた。

「なんだ今の。どういうことだ？」

すぐには答えられない。すると、未森の首に秋が大きく左腕を回し、右腕で頭を抱え込んできた。

「ヘッドロック！」

「わっ、ちょっと痛っ」

あわてる未森を見て笑った秋が「さて」と離れた。

「ついでに、付き合ってくれる？」

そう言うと歩き出した。ターミナルビルの四階から一階へ、国際線の到着ロビーへと向かう。たった今ラウラを見送ったばかりなのに。未森は驚いた。

「到着ロビー？　何の用です？」

フロア中央の大型ビジョンの前に立った秋が肩をすくめた。

「昨日呼び出された。ラウラを見送ると言ったら、タイミング的にちょうどいいって」

「タイミング？　なんの」

言いかけた未森の言葉が引っ込む。二人のそばに歩み寄ってきた人物がいたからだ。細身にグレーのパンツスーツ、ショートカット。一瞬、誰だか分からなかったが、未森はすぐに息を呑んだ。

六海まどか！

秋とデートしていた時のもっさりしたショートボブでも、未森たちを襲った時のロングヘアでもない。まるで違う女性のようになっている。そんなまどかが「怖い顔」と笑う。

「見かけよりずっとできるお坊ちゃんだったみたいね。あなたのパンチ、結構効いたもの」

未森が拳を叩き入れた脇腹を撫でると、秋を見た。

「私の正体は最初から分かってたってことね。来てくれてありがと」

「さすがかの大国の親玉を決める選挙ともなるとグローバルだ。遠く離れたアジアの工作員まで動員するとは。もう任務は終了？」

「はん。任務ったって、一市民に過ぎない女の子をちょっと脅かすだけの、しみったれた仕事よ。『来来』から出てきたあなたたちの様子が妙だったから、私だけ残って店の前で待ってたの。そうしたら、案の定この坊ちゃんと変装したあの子が出てきたってわけ」

そうして『来来』の周辺で待ち伏せていた彼らは二手に分かれ、秋たちをバンに乗った男ら、未森とラウラをまどかが襲ったわけだ。正確には、襲う振りをした。

まどかが肩をすくめる。

「もっとも、連中のどちらが勝とうと、〝得〟と〝損〟の配置が目まぐるしく変わるだけ。この世界そのものは一向に良くならない」

「その点は同感だ」

頷いた秋を見て、まどかが笑った。つい先日、地味だと思ったことが信じられない。艶やかな形に唇を笑ませると、ゲートのほうを見遣った。「ああ」と声を上げる。

「ちょうど良かった。勇敢なディハツィのお嬢さんの出国と、あの子の入国のタイミングが重なるなんて……やっぱり〝運命〟ね」

「あの子？」眉をひそめた秋がまどかの視線の先を辿る。とたん、その表情が一変した。

二人の視線の先には一人の東洋人の若い女性がいた。肩まで伸ばした真っ直ぐな黒髪が艶やかだ。デニムのジャケットにミニスカートという軽装ながら、所作の一つ一つが落ち着いて優美だ。意思の強そうな切れ長の目は、どこか夢見るような熱をはらんでいた。まどかを見て安堵したように表情をほころばせる。が、その表情は傍らに立つ秋に気付くや、みるみる青ざめた。

一方、秋も同じだった。いつになく動揺した顔つきで現れた女性を見つめている。朗らかな様子を一瞬にして消し去り、まどかに向かって低くうなった。

「貴様……何者だ？　目的はなんだ」

未森は息を呑んだ。こんな追い詰められた様子の秋を見たことがない。

女性が駆け寄ってくる。「メグミ！」と叫ぶとまどかに抱きつく。どうやら、まどかはこの女性に対しては『メグミ』と名乗っているらしい。

今にも泣き出しそうな顔で女性が話し始める。流暢な英語だった。

「し、調べてくれた……？　あの、あの、図書館の」

「落ち着いて美玲（ミンレイ）」

ミンレイと呼んだ女性の髪を優しくまどかが撫でる。はっと美玲が顔を上げ、秋とまどかを交互に見た。

「メグミ……秋と知り合いだったの？」

「日米の古書籍業界の関係について取材したことがあるの。ね、ミスター・カイヅカ」

取材。美玲にはジャーナリスト、もしくはライターとでも名乗っているのだろうか。

秋は美玲の顔を見つめたまま答えない。珍しく迷っているようだった。

美玲が唇を噛み、うつむいた。

「秋。私……あなたに黙っていたことがあるの」

秋の肩がかすかに震える。

「ずっと言おうと思ってた……聞いてほしいの」

「美玲」彼女の名を呼ぶ秋が、ちらと未森を見た。その表情から、自分には聞かれたくないのだと未森は察する。

「待ってくれ美玲。今、ここでは」

「ううん。言わせて。私、私ね……王国雲の、孫なの」

一瞬の沈黙が四人の間に落ちる。真空に吸い込まれたかのように、周囲の音が消える。

王国雲。またも出てきたその名前に未森は息を詰めた。美玲が華奢な肩を震わせる。

「黙っててごめんなさい。タイミングを逃したら、どうしても言い出せなくなっちゃって」

とたん、秋が美玲の肩を抱いて歩き出した。美玲が戸惑った顔でまどかを振り向くが、秋に促されるままロビーを歩いていく。残された未森の横で、まどかが肩をすくめた。

「置いていかれちゃったわね」

そう言うと、二人を追って歩き出した。未森はとうとう一人になってしまう。

「……」

声が出ない。

一体どういうことだ。何が起こっているのだ。国際的な名声を得ている華人作家の王国雲。その孫娘？　秋とどういう関わりが？

それに彼女が言っていた「図書館」とはどこの図書館のことだ。まさか水底図書館？

その時、未森のスマホが着信を伝えて震え出した。母のまり明からだ。「もしもし？」端末から響く彼女の声音もいつになく切迫していた。未森の心境がシンクロしたかのようだ。

「未森。まだ空港？　すぐに戻って。今、メールが」

「メール？」

「また〝笑う猫〟からの予告！」

息を呑んだ。〝笑う猫〟。

思わず振り返った。けれど秋の姿はすでにない。

緊張をはらんだ声で、まり明が続けた。

「『貴施設所蔵の〈水底图书馆〉をいただく。なお、目的が達せられなかった場合、我々は貴君らの安全を保証しない――　〝笑う猫〟』」

『水底図書館』

〜物語〜

——なぜ地下深き水の底に本を集めたのか。

そう問うた友に、わたしは答えた。

——人の叡智を集めたのだ。

——つまりその図書館は、数多の叡智を水の底に封じたのか。なんのために？

——水は世界の気脈と通じている。その図書館は、常に気脈と通じる場所に〝叡智〟を集めることで、我ら人間をこの世界と同化させんと試みたのだ。

——誰がために？

すると、それまでずっと黙っていたもう一人の友が口を開いた。わたしたちは顔を見合わせた。

誰がために本はあるのか？

——行こうではないか。

小さい炎を点したろうそくを手に、わたしは立ち上がった。二人の友を振り返る。

——その図書館を探しに行こう。そこにはきっと、我らがいる。

——我らが？

不思議そうな顔をした二人の友を見て、わたしは笑った。

――そうだ。本はわたしだ。そしてお前たちだ。さあ。立ち上がれ。その不思議な図書館、〝水底图书馆（シウエイディートウーシウーグウアン）〟を探しに行こうではないか――

『水底图书馆』

*

東京駅の地下三階の構内に出た未森は、水底図書館に通じる鉄扉を素早く開けて中に滑り込んだ。螺旋階段を転がり落ちそうな勢いで駆け下りる。水の底にある図書館に辿り着くと、まり明がため息混じりに言った。

「わざわざ脅迫めいたことも言ってきている。渡さなければ危害を加えると。こんなことは初めて」

「でも……」

困惑した表情で、一同は顔を見合わせた。

「そんな本はここにはない」

そうなのだ。

〝笑う猫〟が言う『水底图书馆（シウエイデイートウーシウーグウアン）』という本はここ水底図書館に収蔵されていない。

　綾音が首を傾げた。

「まさかとは思うけど、王国雲の『Underwater Library』のことではないわよね」

　未森も同じことを考えていた。このタイミングで現れた王国雲の孫。とても偶然とは思えない。しかも、秋もなんらかの関わりがあるのか。

　だとしても、果たしてどんな全体像になっているのかまるで分からない。秋。王国雲と孫の美玲。王のアッカーソン賞受賞作『Underwater Library』。〝笑う猫〟が要求してきた『水底图书馆』――

　とうとう、未森は「実は」と切り出した。先日、秋から『水底图书馆』について、五色館長から何か聞いていないかと訊ねられたと話した。まり明たちが顔を見合わせる。その表情からは、〝本〟について誰も何も知らないことが窺われた。もしや、五色館長が内々に預かっていた？　そう考えた時、はたと気付いた。

　自分たちでさえ知らない『水底图书馆』の情報を、〝笑う猫〟はどこから入手したのか。

「……」

　秋の顔がよぎる。が、未森はあわててその考えを打ち消した。

まさか。そんなはずはない。あの秋が、〝笑う猫〟と通じているなんて。

まり明がため息をつきながら言った。

「とりあえずＩＣＰＯには連絡したほうがいいわね」

とはいえ、〝笑う猫〟に関する任務はあくまでＩＣＰＯの管轄のため、国内の警察組織の応援はあまり望めない。せいぜい駅構内に数名の警察官を警備に立たせるくらいが限界だ。もう少し大物が挙げられれば、人員も予算も割けるのであろうが。

しかも、今回は肝心の〝本〟がない。

「あるはずのない本を盗みに来る……？　一体、どういうことなのか」

未森は図書館内を見回した。水の底にある奇異な図書館。外界の音から完全に遮断された空間には、収蔵された本が呼吸をする音だけがたゆたっている。思わず、耳を澄ませていた。

〝本〟の声を聴き取ろうと。


夜、未森は千駄ヶ谷にある千木良病院へと足を向けた。面会時間は過ぎているが、未森は千木良院長の知人ということで多少は大目に見てもらっている。顔見知りの看護師に受付であいさつをし、病室へと向かった。

四階でエレベーターの扉が開くと、ホールには白衣の人物が立っていた。衣紋かけみたいな肩幅の千木良美緑院長だ。現れた未森を見て「おう」とつぶやく。

「なんだ。未森か」

「すみません夜なのに。でも顔を見ておきたくて」

深刻そうな未森の表情を見て取ったのか、千木良は乗りかけたエレベーターに背を向け、ホール正面にある窓際に立った。未森も自然と彼の横に並び、花壇が配されている中庭を見下ろした。

千木良病院はコの字形をしており、上下の横棒に当たる棟に病室や治療室がある。ここエレベーターホールや受付などは縦棒部分だ。三方の棟に囲まれた形になる中庭を見下ろしながら、未森はつぶやいた。

「少し……警備を厳重にしたほうがいいかもしれません」

彼女を襲った犯人の目的、そして正体が分からない。だから千木良病院に転院させたのだ。ここであれば千木良の目が行き届いている。並みのSPを付けるよりずっと安心だ。

けれど、ここに来て〝笑う猫〟が謎の本『水底图书馆』を盗むと予告してきた。何やら胸騒ぎがするのだ。彼女に再び危険が及ぶかもしれない。

今にもうめき出しそうな未森の傍らで、千木良がつぶやいた。

「ああ。あいつから聞いた。〝笑う猫〟だろ」

あいつ。未森は顔を上げ、千木良を見た。

「こちらは心配するな。明日から、あいつの部下が病院内外に張り付く予定だ」

「……そうですか。じゃあ安心ですね」

「それより、灘のじいさんとばあさんはちゃんと寝てるのか？　見舞いに顔を出してるとこをたまに見かけるが、顔色があまり良くないんじゃないか。それと」

珍しく口ごもった千木良の様子を見て、未森はピンときた。

「母も感謝してます。先生だから安心して任せられると」

とたんに千木良の目が泳いだ。「医者だから当然だ」とぶっきらぼうに返すものの、てらてら光るスキンヘッドの頭頂部までが赤く染まっている。思わず未森は噴き出した。「コノヤロー」と千木良が未森の首に太い腕を回し、頭を抱え込もうとした時だ。

「おい」

鋭い声と同時に彼の腕がゆるんだ。見ると、窓の外を睨んでいる。瞬時にみなぎる緊張に、未森も彼が凝視するほうを視線で辿った。そして息を呑む。

向かって左側の四階の並びにある病室のカーテンが、かすかに揺れた。あの部屋、そして窓際のベッドに寝ているのは。未森は大きく目を見開いた。

夢二の病室！　眠り続ける彼女のベッドがある窓際のカーテンが細く開かれたのだ。

月光と中庭に立つ外灯に照らされ、端整な面立ちがカーテンの向こうから浮かび上がった。その顔がこちらを向く。黒い輝きを放つ切れ長の目と未森の目が合った。

「秋っ？」

瞬時に彼の顔が引っ込む。とっさに未森は廊下を駆け出していた。角を曲がると、突き当りにある階段室の扉が閉まるところだった。未森は全速力で廊下を駆け抜けながら、「先生はあの子を！」と追ってくる千木良に向かって叫んだ。そのまま階段室に飛び込み、階段を駆け下りる。真下の駐車場に通じる出入り口の鉄扉が開閉する軋んだ音が聞こえてきた。外に出た？

一階まで駆け下り、開錠されたままの扉から飛び出した。そして目を瞠る。

背中を向けた秋が駐車場の真ん中に立っている。上から照らす外灯の光は彼の姿にべったりと濃い影を作っており、今にもその影に秋が呑み込まれてしまいそうに見えた。

「……なぜ逃げる」

声が震えていた。心臓がどくどくと脈打っている。

夜のアスファルトに、ぽつりと秋の声が落ちた。

「やっぱり、できなかった」

「え？」

「あの子をこのまま永遠に目覚めないようになんて……やっぱり、無理だった」

息を呑んだ。

秋であれば、寝ている相手の息の根を止めるなど造作もないことだ。おそらく、傷の一つも付けずにやってのける。

「なぜ！」

怒鳴った。言葉が喉に引っかかる。もどかしさに身悶えした。

貝塚秋の様々な姿が点滅する。よく笑い、饒舌で、誰にでも優しくて――

けれどそれを打ち消すように、たまに見せる酷薄な顔、凶暴なまでの強さ。

そして得体の知れない薄暗さ。

お前の本当の顔はなんだ？

「……『水底图书馆』について何を知ってる？　どんな〝本〟なんだ？　王国雲と関係はあるのか？　あの美玲って子は、なぜわざわざ日本に来た？　秋、あなた、まさか」

〝笑う猫〟と関係があるのではないだろうな？

が、言葉は喉の奥に引っ込んでいく。とても口に出してなんて訊けない。

秋が肩越しに未森を見た。

「なあ未森。人はなぜ、物語を作るのだろうな？」

「えっ?」

「ありもしない夢の雲を摑むように、人は物語を作る。なぜだろう。なぜ、人は物語を作り、あまつさえ他者と共有しようとするのだろう?」

何が言いたい? 未森は眉をひそめた。

「人間という存在は大きな〝物語〟だ。だからあらゆる喜怒哀楽を分け合おうとする」

「……」

「そう思わなければ、生きていけない残酷なことが多すぎる」

秋の顔が歪んだように見えた。心底、悲しげだった。未森は目を見開く。初めて、秋の本当の姿を垣間見た気がした。

未森には背を向けたまま、秋が上着のポケットに手を入れる。ぎくりと後ずさった瞬間、何かを放ってきた。外灯の明かりを反射し、きらりと光りながらアスファルトに落ちる。未森は目を見開いた。

鍵束。夢二のものだ。彼女を襲った犯人が持ち去ったもの――

「まさか」

「すまない。未森」

「あなたが……? あなたがやった? どうして!」

「本当にすまない。未森」

低い秋の声音が、今にも消え入りそうにささやかれたとたん。

振り返った秋が眼前に踏み込んできた。息を呑む間もなく、頸部を左手で摑み上げられる。「グゥッ」妙な音が喉から出た。

「答えろ。本当に『水底图书馆』を知らないのか？」

指が喉に食い込む。圧迫された息苦しさが体内でハレーションを起こし、思考すらも真っ白になる。

「水底図書館は本当に『水底图书馆』を収蔵していないのか？」

「未森！」

遠くなってきた意識に声が染み入る。階段室の扉から飛び出してきた千木良だ。秋の指がゆるむ。と同時に、未森はその場に頽れた。秋が駆け去っていく。絞めつけられていた気管に一気に空気が入り、激しくむせた。

「やはりあれは秋なのか？　おいおいどうなってんだこりゃあ！」

千木良の怒鳴り声が、夜の空気をビリビリと震わせる。けれど今の未森からは遠かった。

嘘だ。真っ白になった思考が混乱し始める。その怒濤の中、未森は何度も何度も繰り返した。

嘘だ。秋が夢二を襲ったなんて。〝笑う猫〟？　嘘だ。

嘘だ！

翌日の昼、未森は丸の内駅前広場のベンチに座っていた。うららかな陽気で、吹く風は乾いて心地よい。未森の沈んだ心情とは裏腹に、行き交う人々の足取りもどこか軽く見えた。

昨夜、家に戻った未森から病院での顚末を聞いたまり明、小次郎と綾音は顔をしかめた。

「秋君が？　一人で夜の病室に？」

「……『水底図书馆』について本当に知らないのかと責められた」

病室には特に異常がなかった。どうやら、秋は駐車場に通じる扉の鍵をピッキングして侵入したらしかった。確かに、彼であれば数秒で開錠してしまうであろう。

三人は秋が寄越した鍵束を見せられると絶句した。

「秋君が……？　あの子を襲った犯人？」

蒼白になった顔を見合わせる。信じられないという気持ちは未森も同じだ。

が、よくよく考えると、未森たちは秋の経歴をほとんど知らない。生まれや出身地、両親の消息、そしてなぜABAW会長ロブ・ベイリーに引き取られたのかも。

未森が初めて秋と出会ったのは高校二年生の時だ。当時の秋は二十歳前後と推測できる。ロブの知識や経験を惜しむことなく注がれていた彼は、カリフォルニア大の学生でありながら、すでにフリーの古書ハンターとしても名前が売れ始めていた。のみならず、世界中に跋扈する窃盗や密輸グループに対抗すべく自警団組織の発足を目指していたロブは、秋に知識だけでなく武道をも極めさせた。世界規模で暗躍する〝笑う猫〟の出現とともにICPOと組むようになってから、秋がABAWの実働要員として世界中を飛び回るようになったのは必然だったわけだ。

昨夜の彼の凶暴さを思い出す。あの殺意は本物だった。千木良が来なければ、喉を潰されていたかもしれない。

『水底图书馆』。

彼が、そして〝笑う猫〟が求めるその〝本〟は果たしてどこにあるのか……？

ふと、上着のポケットに入れてある鍵束を取り出した。夢二のもの。そこには十数本の鍵がぶら下がっており、どれも図書館に関する重要なものばかりだ。その中の一本に未森の目が引かれる。

「『水底图书馆』は、やはり五色夢二が預かっている……？」

その時だ。

ふっと空気が変わった。未森は顔を上げ、息を呑む。

六海まどかが真横に座っていた。いつの間に。立ち上がりかけた未森を「待って」と制する。

「そんな急いで行かなくてもいいでしょ。お話ししましょ？」

「……あなたと話すことはありません」

「ねえ。水底図書館に入れてくれない？」

唐突な言葉に戸惑った。未森の表情を見て取ったまどかがすかさず続ける。

「このご時世、隠しておけるなんて思ってないでしょ。水底図書館……正式名称『最重要秘匿帝都書庫』。確かに公にはなっていないけど、ちゃんと存在している図書館。戦後しばらくは秘されていたけれど、今では紹介制という形ながら閲覧者を入れることもある。けれど場所などの情報には箝口令が布かれており、全容は謎に包まれている」

「……」

「最近、面白い説を提唱している人たちも出てきて。東京には謎の地下空間が多数存在すると言われているけど、特にここ東京駅の地下にあるとされる空間には謎が多い。秘された図書館は、ここにあるのではないかと」

ネット社会になってからこの方、秘された図書館の情報が一種の都市伝説のように語られていることは知っていた。が、どれも比叡山の奥深くだの軍艦島の廃虚の中だの、ネッシーやイエティとあまり変わらない扱いだ。

「興味があるの。人知れず東京駅の地下に潜む図書館。だから入れない？」

「……閲覧は紹介制です。あなたを紹介してくださる人がいなければ」

「なぜ選ぶの？」

鋭い口調に、未森は一瞬声を呑んだ。

「図書館って、人の叡智を万人に広く示すための場所でしょう？　なぜあなたたち図書館側の人間が訪れる人間を選ぶの？　知識は特定の層だけの独占物ってわけ？」

またも言葉を失う。痛いところを衝かれた。

稀覯本という貴重な古書籍を扱う以上、しかもあまりに特殊なこの図書館を維持管理するためには、どうしても閲覧に制限が出る。しかし、人類の歩みそのものといった古書籍を集めた図書館は、本来は広く開かれて然るべきではないのか。それはここ数年、未森が感じていたジレンマだった。

金がある、地位がある、知識がある……そうではない人々に開かれてこその〝叡智〟なのでは？

何も言えずにいる未森を見て、まどかは「まあいいわ」とにっこり微笑んだ。

「急に変われと言われてもそれは無理よね。特にあの図書館の場合は。今日のところはあまりいじめないでおく。ところで。あなたも私に訊きたいことがあるんじゃない？」

「え？」

「例えば……昨日の美玲のこととか」

ぐっと息を詰めた。その通りだ。

「あの女性には、また違う名前を名乗っているのですか」

「そう。ニューヨーク在住の日系フリージャーナリスト、此原恵。美玲の祖父にインタビューしたことがきっかけで仲良くなったのよ」

「祖父……」

「昨日、美玲が自分で言ってたでしょ。作家の王国雲よ」

フリージャーナリストというのも、複数あると思しき彼女の肩書きの一つなのであろう。王を取材したのも、どこまで意図的なのか分からない。

「王国雲の経歴は知ってるでしょ。戦後、若手の作家として中国文壇で活躍。けれど天安門事件が起きた時、滞在していたアメリカにそのまま亡命。作風は重厚な長篇がほとんどだったのだけど、三年前に出した短編集『Ｕｎｄｅｒｗａｔｅｒ Ｌｉｂｒａｒｙ』でアッカーソン賞を受賞した」

ライターを自称するだけのことはあり、王の経歴を話すまどかの口調は滑らかだった。

「こんなの、ちょっと検索すれば誰だって数秒で辿り着く情報よ。だけど……彼には空白の過去がある」

「……」

「文化大革命の時期よ」

　文化大革命。六十年代から十年間、すさまじい権力闘争を発端に始まった動乱である。この間あらゆる伝統が破壊され、知識人や文化人らもほぼせん滅状態に陥った。作家という立場の人間も多かれ少なかれ弾圧され、非業の死を遂げたものも少なくない。

「確かに、王はこの時期の話を公にしたことはない」

「そう。彼が頭角を現すのは文革後、いわゆる文革時の悲惨さを描いた傷痕文学を発表した頃からだもの。あの時代、貧農出身だった彼は幸いにも『革命』側だったわけ」

「……」

「ただし、幼い頃から文学に親しみ、創作にも没頭していた。そんな彼には、同じ年の二人の幼馴染みがいたの」

「幼馴染み」

「ええ。一人は唐明泰（タンミンタイ）。もう一人は李春海（リチュンハイ）。文学や詩歌、演劇が好きだった三人は切磋琢磨し合い、創作をしていた仲だったようね。一時は『三剣士』を名乗るほどに仲が良かったようよ。だけど……唐家は代々地主、李家は海外との取引で財を成す商売人だった。しかも二人はアメリカ留学の経験まであった。こんな二人が、あの時代どうなったか」

　封建的、西洋主義的、資本主義的として弾圧されたことは想像に難くない。

　悲惨な過去を語るには、ずい分と軽い声音でまどかは続けた。

「思想改造の名のもとに家を追われ、職場に閉じ込められた。執拗な自己批判を強いられ、挙句地方の農村に送り込まれた。その時の強制労働がもとで、唐は身体を壊し、一生足を引きずっていたと聞くわ。そして李は送り込まれた農村から逃亡し、それきり行方不明」

「……」

「だけど唐が打倒対象としてやり玉に挙がったのは、裕福な家のせいだけではない。彼が作った私家本、短編集のせいだった」

「私家本？　短編集？」

「そう。今で言う同人誌的なものかしら。出版社を通さず、自分で作った本ね。裕福だからできたことね。その内容が『反革命的』だと告発され、彼は弾圧された。唐と創作活動をしていた李も同時に」

「……」

「二人を告発したのが『三剣士』の一人だった王よ」

目を見開いた。

まどかがふいと肩をすくめる。

「〝彼らは物語を作ることで個人の欲望を煽情的に描出している。加えてその内容は資本主義、西洋主義の毒に満たされており、我らが心を合わせて達するべき革命を転覆させんと画策するものである〟――当時は珍しいことではなかった。誰もが自分が弾圧されないよう、身近な人間を密告し、陥れていたのよ。昨日まで仲良く話していた隣人に、今日はなぶられる。〝革命〟を叫ぶ少年少女に、老人らが鞭打たれて殺される。そんなことが日常茶飯事だった時代なんだから」

「王は……自分の身を守るために幼馴染みの二人を裏切った？」

ちらとまどかが未森を見る。その目には見透かすような鋭さがあった。

「唐の私家本のタイトル。聞きたい？」

「え？」

「『水底图书馆（シウエイディートウーシウーグウアン）』」

息を呑んだ。ぞわりと全身の肌が粟立つ。

「水底图书馆……？　えっ？　水底図書館？」

あるはずのない〝本〟？

驚愕に言葉が出ない未森に代わり、まどかが淡々と口を開く。

「内容を確かめようにも、その私家本はすべて焼き払われてしまっている。つまり、唐が書いた『水底图书馆』がどんな内容なのか、もう誰にも分からない。例えば……王国雲がアッカーソン賞を受賞した『Ｕｎｄｅｒｗａｔｅｒ　Ｌｉｂｒａｒｙ』とまるで同じ内容だったとしても」

続けざまに放たれる言葉に、未森は完全にパニックになった。

王が唐の小説を盗作した？

『水底图书馆』。秋が、そして〝笑う猫〟が求める〝本〟。盗作の真相がこの本にあるからか？　だから彼らはこの本を探しているのか？

「唐は三か月ほど前に死んだわ。もとは地主の息子だったというのに、ほとんどホームレスのような状態だったみたい。八十過ぎまで生きはしたけど……人生ってなんて残酷なのかしらね。ありがちな表現になるけど、まさに時代に翻弄された」

残酷。秋の言葉が甦る。

なぜ、人は物語を作るのか――

どこまでも軽やかな声音で、まどかは続けた。

「ねえ。この〝本〟……『水底图书馆』がもしも残っていたら、どうなると思う？」

未森は目を見開いた。

「残ってる？　『水底图书馆』が？」

「燃やしたと言われてはいるけれど、どこかに一冊くらいは残っていてもおかしくないでしょ？　だとしたら、これは王にとってとてつもなく危険な〝本〟になる」

「……」

「アッカーソン賞を受賞した小説が盗作だったなんて。しかも、裏切り同然の行為をして落ちぶれさせたかつての友人の小説を……大スキャンダルでしょ」

混乱を極める未森を見たまどかが目をすがめた。

「唐明泰は死ぬ間際、ニューヨークに住む王に宛てて手紙を寄越したそうよ。『あの〝本〟は、日本の水底図書館にある』」

「な」未森はまたも言葉を失う。唐本人が王にそんな手紙を？

やはり、その本は水底図書館のどこかにあるのか？　自分たちが知らぬ間に？

しかし、新たな疑問が湧く。まどかはそんな重要な情報をどこから得たのか。

「――」

瞬時に、王美玲の顔を思い浮かべた。信頼を得ているらしいまどかが、あの若い女性から情報を入手したことは十分考えられる。同時によぎったのは、昨夜の秋の姿だった。

もしや。

一つの想像が未森を貫く、が、それは瞬時に仮説ではなく、ほぼ確信へと変わった。

「秋は……誰かをかばってる……？」

「ヘイ」

頭上から声が降ってきた。未森はぎょっと顔を上げた。

秋が目の前に立っていた。


鋭い目でまどかを見下ろすと、秋は「失せろ」とうなった。

「二度と現れるな。あの子の前にも」

こんな冷たい声を出す秋を見たことがない。未森は息を呑んだ。

ふふんとまどかが笑う。

「冷たいわね。ついこの前まで、あんなに優しく愛をささやいてくれたのに」

「黙れ」

二人が睨み合う。互いの首筋に刃（やいば）を充てがったような、緊迫した一瞬が過ぎる。

まどかの目が細められた。

「白馬の王子様にでもなったつもり？」

「……」

「あの子があなたの正体を知ったら、どう思うかしらね」

秋の表情に緊張が走る。まどかは立ち上がると。にっこり笑って未森を見下ろした。

「じゃあね灘未森さん。また会いましょう」

言葉もなく見上げる未森に背を向けて去っていく。その姿が駅舎のほうへと遠ざかるより早く、秋がつぶやいた。

「昨夜は、悪かった」

「……」

「本当にないのか。『水底图书馆』」

「その前に訊きたい。なぜ〝笑う猫〟は僕たちでさえ知らない『水底图书馆』の情報を入手できたと思いますか」

口調から、自分を疑っているのだということは察せられたはずである。秋はかすかに目を見開き、すぐに息をついた。

「連中の情報源は分からない。ただ、断言するが俺ではない」

「……信じろと？」

「信じてもらうしかない。今の俺を信用しろと言われても、無理な話かもしれないが」

「では夢二を襲ったのは？　本当にあなたなのか？」

睨み合った。今の間合いでは、また踏み込まれて頸部を押さえられたらひとたまりもない。それでも、未森は一歩も引く気がなかった。

「だとしたら、僕は金輪際あなたとは何も話さないし関わる気もない。今すぐ僕の前から……水底図書館のすべてから消えろ」

秋の目元に暗い影がよぎる。暗幕を引き下ろしたかのようだ。けれどそこには昨夜の凶暴さはみじんもなく、ただただ悲しげだった。未森は思わず顔をそらした。

彼は誰かをかばっている。そしてそれは――

「……『水底图书馆』という本は収蔵されていない。これは本当だ」

「……」

「僕らだってどうしていいのか途方に暮れているんだ。〝笑う猫〟があの本を盗むと予告してきた。本を渡さなければ、図書館に危害を加えると」

「聞いた」秋がうなる。

「昨夜、駐車場を出た後……ロブのオヤジが電話を寄越してきた。ＩＣＰＯから連絡が入ったって。『〝笑う猫〟が水底図書館に予告状を送ってきた』と」

秋がふっと息をついた。

「だけど今の俺は独断で行動している。未森。『水底图书馆』をどうあっても探したい。オヤジやまり明さんたちにも内密に」

「え？」

「頼む。お前しか頼れない」

秋の顔を見つめた。ロブ・ベイリーやまり明にも黙って『水底图书馆』を探す？

……そうか。未森の腹に、すとんと落ちる。

よほど大切に想っているのだな。あの王美玲を。

「じゃあ」

しかし、胸の奥に淀むのは割り切れない感情だった。腹の底が窺えない、正体不明と思いながらも、秋に裏切られるなんて考えたこともなかった。昨夜はそのことを痛感した。けれど彼は、自分たちを敵に回してまであの子を守ろうとしたのだ。

「僕に〝まいった〟と思わせてください。そうしたら協力します」

子供か。我ながら幼稚だとは思うが、言わずにはいられなかった。

出会ってから十年以上、〝水底図書館〟を介して貝塚秋という男を信頼してきた。違うルールを押し付けるというのなら、僕を納得させろ。

無言で対峙した。その間にも周囲のビル街で働く人々、行楽客らが行き交う。睨み合う二人を除いて、やはり穏やかに晴れた秋空の下だった。

秋が蒼天を振り仰いだ。トレンチコートをさっと脱ぎ捨てベンチに放る。白のカットソーに黒いパンツというごくシンプルな恰好になる。それから周囲を見回し、一つ置いたベンチに座る三人連れの高齢の女性らに歩み寄った。微笑みながら跪き、一人が持っている杖を指す。

「失礼ですが、こちらを少しの間だけお借りしてよろしいですか？」

〝人タラシ〟の秋の笑顔に落ちない女性はいない。当の女性が「はい」と頷くと、秋はその杖を手に未森の前に戻ってきた。間隔を開けて立つ。はあ、と一度息を整えるや、その目をぱっと見開かせた。未森は驚いて飛び上がりそうになる。

彼の目そのものが生き物のように未森を見据えたのだ。口元にはあえかな笑み。暗く翳っていた顔つきが一瞬にして妖艶になった。

杖の中央を持ち、手首をひねりながらくるくると回転させた。右手から左手、左手から右手、回転を加えながら流れるように杖を持ち替える。さらには腕そのものを滑らかに上下させる。けれど回転のブレは一切なく、ただの長い棒にすぎない杖を彼の身体の一部のように錯覚してしまう。

突然始まったパフォーマンスに周囲を歩く人々が足を止める。遠巻きながら、たちまち人垣ができた。

回転させた杖を右に左に目まぐるしく持ち替え、大きい丸を描いて走り始める。時に止まり姿勢を決めて客を見つめ、また自身がくるくると回転しながら大きく走って回る。時に飛び上がって杖をかかとで蹴る、たおやかに礼をするなどコケティッシュな仕草を見せる。その四肢の動き、肩や腰のしなり、目線はどれも艶やかで、門外漢の未森にも女形の舞踊であると察せられた。秋の端整さと相まって人の目を惹かずにはいられない。集まった人々が食い入るように秋の姿を見つめているのが分かった。

秋が未森の真正面に立った。身体をくるりと一回転させる。顔から上はほとんど動かない。重心がしっかりしている証拠だ。滑らかな動きに息を呑んだ瞬間、ぱっと彼が杖を上方に放り投げた。落ちてくるまでの一瞬に、その長身が三回転した。三度目のターン、真正面を向いた秋の目の前に杖が落ちてくる。その杖を右手で摑み頭上に掲げ、歌舞伎の見得を切るような姿勢で締めた。

鮮やかで特徴的な舞踊——京劇。内心、未森は舌を巻いた。こんな特技まであったとは。

ほんの一分足らずの出来事だったが、彼の姿は強い光芒のように目に残った。一拍おいて、人々がやんやと拍手喝采する。秋は興奮しきって手を叩く持ち主に杖を返すと、未森の前に戻ってきた。にっこり笑う。

「まいった？」

なんだその笑顔。脱力するとともに自分も笑えてきた。

とことん得体が知れない。〝貝塚秋〟が持つ顔は、きっともっとたくさんあるに違いない。未森は立ち上がった。

「……ここからは独り言です。思い当たる場所が一つあります。僕はこれからその場所を探してみようと思います」

そう言って踏み出した。秋も無言でついてくる。

夢二の鍵束を取り出した。その中から、一つの鍵を選り出した。


踏み入った室内を見た秋の目が大きく見開かれた。

「ここは」

そう言ったきり言葉が出ない。さすがの秋も、こんな場所にこのような部屋があったことは予想外だったようだ。

未森は秋とともに東京ステーションホテルへと向かった。フロントのスタッフに夢二の鍵束の中から選り出した鍵を見せる。すると、スタッフは慣れた手つきでカードキーを取り出し、「行ってらっしゃいませ」と頭を下げた。そのまま未森はフロント左手奥にあるスタッフ用の通用扉に向かった。

受け取ったカードキーをリーダーに通して扉を開錠する。中に踏み入ると、整頓されながらも殺風景なスタッフ用の廊下が延びていた。両脇にロッカールームや休憩室が並ぶ廊下の突き当りには、階段室の扉があった。その扉を開けると、階上と地下へ向かう階段がある。未森は階段を駆け下りた。秋も黙ってついてくる。

その扉は地下一階から地下二階の駐車場へ向かう踊り場にあった。コンクリートに同化した灰色、ノブも何もないので扉とは分からない。高さは約二メートル、間口は一メートル弱の切れ込みが壁に入っているようにしか見えない。未森は下方にある小さい鍵穴に選り出した鍵を挿した。開錠して扉の右側を手で押すと、人が一人通れる隙間ができた。中に素早く潜り込む。未森と後に続いた秋の体温に反応した室内灯が淡く点灯する。中は成人男性が二人も入ると満杯の、四角い箱に過ぎない空間だ。秋がうなった。

「まさか、エレベーター？」

未森は開けた扉を手で押し、平らに戻してから、壁に付いている簡素なボタンを押した。とたん、がくりとケージが動き出した。全身に伝わる浮遊感をはらみながら下降していく。唖然とした口調で秋がつぶやいた。

「これ、地下に向かってるのか……？」

体感にして約三十メートル、程なくケージが停まると、未森は再び扉の右側を押し開いた。外に出るとコンクリートに囲まれた空間がある。が、今度はすぐ眼前に鉄の扉があった。未森はエレベーターを開けた鍵と同じ鍵でその扉を開いた。

こうしてやってきたのが、地下深くにあるこの一室だった。狭く薄暗い空間を通って着いた場所とは思えないほど広く、内装は豪華だ。二百平米はありそうな室内に仕切りはなく、ベッドやソファ、ドレッサーなども完備されている。バス・トイレももちろんだ。

しかし、この部屋の主役は膨大な数の本である。すでに本棚は用なしとばかりに、本がうずたかく積み上げられているのだ。その本の塔が部屋中を埋め尽くし、かろうじて人が通れそうな隙間の向こうにベッドなど調度品がある。この光景を見るたびに、未森はトルコのカッパドキアの奇岩群を思い出すのだった。床からにょきにょきと、そしてびっしりと本が生えている。

しばし呆気に取られていた秋が、やっとというように未森を見た。

「創業時からあったのか、この部屋？」

「ええ。ここは五色財閥の中でも、館長に就任した夢二のみが出入りを許されている部屋です。彼女らは就任と同時にこの部屋の鍵も受け継ぐ」

「百年以上前からあるとは思えないな」

「最近の東京駅とホテルのリニューアル工事の際に、この部屋も少し改修したようですが」

厳密に言えば、夢二が許した者だけが入れる。だから未森も幼い頃から何度かこの部屋に出入りしたことがあった。

「じゃあ今は、すばる……七代目館長の夢二がこの部屋の主ってわけだな」

「ここは完全に私室扱いになります。もしも六代目、もしくは七代目館長が誰かから『水底图书馆』を預かっていたとしたら」

「……ここにある可能性は十分あるな」

とはいえ、秋は押し寄せんばかりの量の本を前に苦笑いした。

「ここから一冊を探し出す？　まさに海中から一粒の真珠を探し出す気分だ」

「ですが、今は心当たりがここしかありません」

「探すしかないな」

二人は顔を見合わせ、自然と左右に分かれた。端から本の塔を崩し、一冊一冊確かめていく。

しばらくは黙々と作業を続けた。本を手に取る音、開く音、紙をめくる音だけが響く。言語も時代も装幀も何もかもバラバラな本を前に、未森は次第に、大きく全身をうねらせて泳いでいる気分になった。悠久の時の流れ。それはまさに止まることを知らない大河で、本はその流れの一端を留めんと紙にしたたらせた水滴だ。どの本を開いても、水があふれ出す。それは物語だったり指南だったり思考だったり、読者は一緒に泳ぎ、時に溺れ、そして水の中で呼吸をするのだ。

　誰の心にも、閉じ込めた水底図書館がある。この水が混じり合い、手を取り合うことができないだろうか。あらゆる物語を、智慧を、分け合うことはできないだろうか――


水。分け合う。水底図書館の形とともに、ふと〝方舟〟という言葉が思い浮かんだ。同時に、〝Ａｒｋ〟（方舟）を褒めたたえていたラウラの言葉も。

　――生きとし生けるものが手を携えて融和する世界を望んでいる――

「〝笑う猫〟はなぜ予告なんかすると思う？」

　秋が声を上げた。未森はびくりと肩を震わせた。ずい分と久しぶりに彼の声を聞いたような錯覚に陥る。

「映画や小説じゃあるまいし、黙って盗んだほうがいいに決まっている」

「まあ、確かに。劇場型犯罪者の典型ということでしょうか」

「それもある。が……〝笑う猫〟が狙う本には共通点がある。閉ざされた場所にあるものが多い。個人コレクターの所蔵本とか。会員制の図書館とか。水底図書館なんてその最たるものだ」

　閉ざされた場所。未森ははっとした。

「〝笑う猫〟が犯行を重ねるほどに注目を浴びると、埋もれていた本の存在が世間の目に留まる」

「……」

「それこそが連中の目的のような気がしてならない。限られた人々のみが享受していた智慧を曝す……俺はそのうち、連中が美術品とかにも手を出す気がするよ。そして予告はネット配信。大々的に自分たちの存在をアピールし始める」

しかし連中に盗られたものは一切市場に出ないのだ。結局は、閉ざされた場所から場所へ移っただけではないのか？

秋がぽつりとつぶやいた。

「連中はなぜ……『水底图书馆』を狙う？」

それからしばらく、二人は黙って本を探し続けた。が、いつまでたっても膨大な蔵書の中からそれらしい本が見つかることはなく、未森は目がちかちかしてきた。時計を見ると、夕方の六時を回ろうとしている。かれこれ四時間はこの本の海と格闘していたらしい。

「少し休みませんか……？　ああ、何か食べるもの買ってくればよかった」

「さすがにルームサービスは……ないな」

「ありませんね」そう言いながら、未森は広い室内の片隅にあるベッドに歩み寄った。

傍らに置いてあるミニ冷蔵庫を開ける。

　夢二が事件に遭遇してから二か月ほどになる。案の定、中はほぼ空だった。が、水だけは常にストックしていたらしく、五百ミリリットルのペットボトルがずらりと並んでいる。

「仕方ない。今はこれで腹を満たすか」

　いつの間にか背後から中を覗き込んでいた秋がつぶやいた。未森の手から水を一本受け取ると、すぐにふたを開けてごくごくと飲み出した。

「あーっ生き返る」

　そう叫んだ秋が、「あれ」と壁の一隅を見た。

「ここにも扉？」

　ベッドの周囲までも取り囲む本の背後に、鈍い銀色を放つ扉がある。まるで積み上げられた本の後ろに潜んでいるかのようだ。

「なんだこれ。これはどこに通じているんだ」

「ああ、これは」

　その時、電子音が聞こえてきた。はたと顔を見合わせ、すぐに秋が「俺だ」と入り口のほうへ取って返す。脱ぎ捨ててあったトレンチコートのポケットからスマホを取り出した。

「こんな地下だってのに電波が通じるとはな。インフラの進歩恐るべし」

「今や、通信環境は生命線ですから」

肩をすくめた秋が「Ｈｅｌｌｏ？」と電話に出る。国際電話のようだ。

「ああ！　うん、やはりないみたいだ。これから手分けして探すよ。大丈夫。またすぐに連絡……あ？　ああ。あー……大丈夫！　無茶はしないから、あ、電波悪いなあ～」

と言いながら、スマホをタップして通話を切る。相手はＡＢＡＷの会長、ロブ・ベイリーだったようだ。まるで本物の親子のような会話に、未森は噴き出しそうになった。

ロブ・ベイリーは愛嬌のある笑みを浮かべていながらも、目に宿る知性の輝きは息を呑むほどに鋭い男だ。銀髪を常にオールバックにして、ダブルのスーツを粋に着こなしている。

「まったく。心配性の頑固オヤジめ」

「心配性。あのベイリー氏にもそんな一面があったんですね。意外です」

「だから言えなかったんだよな。美玲のことも」

美玲。息を呑んだ未森に構わず、秋は再び床に座り込んだ。手元にある本を機械的に開いては中身を確認し、脇に置いた本の塔に積み上げていく。

「初めて会ったのは一年ほど前。ＡＢＡＷ主催の古書市に一般客として来ていたんだ。俺は運営スタッフを手伝っていて、ブースの位置を訊ねられたのがきっかけだ」

感情を窺わせない口調で訥々と語る。プライベートを語る秋は珍しい。未森は黙って、大量の本を目で確認しながら耳を傾けた。

「俺はすぐに王国雲の孫だと気付いた。彼女はメディアに顔出ししていたわけではないが……王国雲には、俺も興味があったから」

以前から王国雲周辺の人間関係を探っていたという意味か。だからもともと『水底图书馆』にも興味を持っていたのか？

秋の正体。ふと、まどかが言っていた言葉を思い出した。未森の傍らで、秋が淡々と続ける。

「彼女は自分の祖父のことを周囲に伏せていた。王国雲の孫だと知れた時点で相手は自分を色眼鏡で見る。態度を変え、遠ざけたり、逆に愛想を振りまいたりする。幼い頃からそういう周りの態度に傷付いてきたのかもしれないな。だから頑なに自分は古書好きの学生だと言い続けていた」

「……」

「だけど、実際古書籍に対する愛はかなりのものだったよ。特に弾圧された経験があり、亡命した作家や詩人の本に興味があったようだ。トーマス・マン、ヴィクトル・

ユゴー、ベケットにナボコフ……大勢の創作者たち。国を追われる――故郷を失うということが、創作者のアイデンティティにどう影響するのか。ひいては、社会的な線引きでしかない国境というものに、こんなにも縛られるのはなぜなのか。明らかに祖父の影響なんだろうな。美玲はそんなことをいつも真面目に考えていた」

王美玲の面立ちを思い浮かべる。若い女性特有の輝きの中でも、思慮深げな切れ長の目がひと際印象的だった。そんな美玲が語る話を、秋は常に真剣な顔で聞いていたに違いない。

「彼女は言っていた。生まれた場所、住んでいた場所に何より人を縛り付けるのは、言葉だと」

「言葉」

「耳にする、目にする、口にする……使う言葉が、故郷を忘れがたいものにする。口ずさんでは自らを慰め、書いては己を俯瞰する。言葉で人は自分に輪郭を付ける。だから同じ言葉を使っても、表現の仕方と受け取り方は千差万別。親しくもなるし、決裂もする。作家によっては、使う言語を変えたりもする。だからこそ、人は一人一人違うのだと実感できる」

「……」

「それを繋ぐのが物語だ。そして智慧だ。人が繋がり合う手段の最適なものが……本だ。彼女がそう言った時、俺はなんだか、少しだけ救われた気がした」

「救われた……」

「赦せる気がしたんだよ。あらゆる無慈悲を」

赦せる。その言葉に、未森は胸を衝かれた。

本をめくっては閉じていた秋の手が止まった。かすかに顔をしかめる。

「美玲を守りたかった。だから……すまない」

沈黙が落ちる。無言の彼の姿から、美玲に対する想いが痛いほどに伝わってくる。

けれど同時に、未森の脳裏にも目覚めない夢二の姿がよぎった。彼女に何があったのか。その真相に辿り着かなければ、自分はいずれ、秋をも憎むようになるだろう。

「すばるを……夢二を襲ったのは王美玲ですか」

秋は無言だ。けれどその態度が答えだった。

「目的は、かつて唐明泰が作った私家本『水底图书馆』？」

「唐が死んだのは三か月ほど前だ。彼は死ぬ間際、アメリカに住む王国雲に手紙を書いた」

まどかも言っていたことだ。が、未森は黙って秋の言葉に耳を傾けた。

「〝あの〝本〟は、日本の『最重要秘匿帝都書庫』……『水底図書館』にある〟。王にはすぐに『水底图书馆』のことだと分かった。国際的な名声を得た短篇『Ｕｎｄｅｒ water Library』とほぼ同じ内容の〝本〟が、あの水底図書館に？ 王は不安と恐れ、疑心暗鬼から倒れてしまった」

「……『水底图书馆』も短編集だった。王は全作品盗作した？」

「それは違う。表題作の『水底图书馆』のみだ。短編集『Underwater Library』も、本当は違うタイトルにしたかったらしい。が、出版社側がことにこの短篇を気に入り、最終的にこのタイトルに落ち着いた。結果、王と言えば『Underwater Library』になってしまった。皮肉なもんだ」

秋の唇の端に苦い笑いが滲む。

「祖父を心底尊敬していた美玲は、倒れた彼を必死に看病した。そんな愛しい孫娘に王はすべてを告白した」

「……」

「もちろん彼女は驚いた。そして悩んだ。誰にも相談できない。俺にすらも。きっと軽蔑される。そう思うと、言えなかったと」

それでも昨日、美玲は自分から秋に告白したのか。あの鍵束も秋に預けたに違いない。

だから秋は重要な目撃証人となる夢二を消すために千木良病院に来たのだ。が、決心できないままに未森たちに見つかり、あたかも自分が夢二を襲ったかのように偽証した。

　秋の顔が歪んだ。

「そして美玲はとうとう決心した。日本の水底図書館に行ってその〝本〟を買い取ろう。そうして、館長の夢二と直接連絡を取った」

「直接？　どうやって。そんな手段が取れるのはごく限られた人だけだ」

「唐の手紙に、携帯電話の番号が書いてあったんだ」

「ええ？」未森は目を丸くした。

　唐の手紙に？

「先代の夢二もアメリカに留学していたんだよ。二人はこの頃からの友人だった。それで唐は水底図書館に〝本〟を預け、かつ王に向けた手紙にこれ見よがしに夢二の番号を書いて寄越した」

　かつての友人がどう行動するか試したのか。死んでもなお？

　強い執念と憎悪を感じた。ただそれだけではない、やるせない寂寥感もある。

　残酷。その通りだ。唐、王、美玲それぞれにとって、なんと残酷な話であろう。

「そして来日した美玲はあの日の早朝、待っていた夢二に伴われて水底図書館に入った」

　ぎくりと身を震わせた。「何が」思わず秋のほうへ詰め寄ってしまう。

「何があった？　あの日、あの場所で二人の間に何があったんです？　な、なぜ美玲は夢二を」

「分からない」

　ところが、秋は眉根に深々としわを刻んで首を振った。

「どうあっても言ってくれなかった。ただ、『五色夢二に許せないことをされた』と」

「許せない……？　あの夢二が？　一体何があったというんだ！」

「だからカッとして突き飛ばしてしまったと。そうしたら、書見台の角に」

　その瞬間の夢二の痛みが、恐怖が、未森の心身に迫る気がした。

　唐突に、腹の底に火が点いた。秋の襟元を摑み上げる。

「そんなの信用できるか！　自分の身を守るため、意識のない夢二にすべての責任を負わせているだけなんじゃないのか？　許せない？　笑わせるな！　どっちが――」

　激情のあまり言葉に詰まる。けれど秋は抵抗しない。その反応がますます未森の感情を逆なでした。それでもかばうか。美玲を。自分たちより、美玲に失望されるほうが怖いのか！

「っ」秋を突き放した。勢いに、二人の周囲にある本の塔が崩れる。

「もしも。もしも夢二が目覚めなかったら……あのままだったら。僕は、美玲を許さない。あなたのことも。一生許さない」

許さない。口にして、空しくなった。許さないと思うほどに、重荷を負った気分になる。

「──」

ああ。こういうことか。不意に納得した。

秋が美玲を守りたい理由がやっと分かった。

〝赦す〟という行為を示してくれた人だったからだ。

だからどうあっても、彼女を〝許せない〟ことから守りたかったんだ──

地下の本に満ちた空間にまたも沈黙が落ちる。本だけが息をしているかのようだ。

その時、秋のスマホが再び鳴り響いた。取り上げた秋が目を見開く。

「……美玲」

未森も息を呑んだ。秋は一瞬ためらったものの、すぐに画面をタップした。「もしもし？」端末から女性の声が漏れ出てくる。秋の眉間にみるみるしわが寄った。

「待て。美玲。とにかく俺が行くまで……美玲！」

通話は切れたようだ。暗くなった端末の画面を睨んでいた秋が未森を見る。

「今、美玲は東京駅に向かっている。これから水底図書館に行くと」

「えっ？　図書館にこれから？」

「〝メグミに付き添ってもらって水底図書館に行く。五色夢二にしてしまったことを謝罪するつもりだ〟と——」

「メグミって……六海まどか？」

苦々しい顔で秋が頷いた。

「美玲は以前からまどかになんでも相談していたようだ。王国雲の盗作のことも、夢二を突き飛ばして昏倒させてしまったことも真っ先に彼女に話していた。水底図書館の情報は一切公には出ない。だから夢二がどうなったのかとずっと気に病んでいた。まどかは日本に行く仕事があるから、図書館の周辺を探っておいてやると約束したらしい」

それで昨日、空港で「調べておいてくれたか」と言っていたのか。「仕事」とはラウラの日記絡みで来日し、秋の周辺に張り付いていたことであろう。

すると、秋がふと未森を見た。

「なあ。俺に訊いたよな。〝笑う猫〟はなぜ、未森たちでさえ知らなかった『水底图书馆』が水底図書館にあると知ったのか」

「……」

「ただでさえ『水底图书馆』を知る人物は限られている。五色夢二、俺、唐明泰、王国雲、そして……王美玲」

「あ」未森も身を乗り出す。

「六海まどかから〝笑う猫〟に情報が入った……？」

「それだけじゃない。もしかしたら、あの女自身が」

二人は顔を見合わせた。

六海まどかが〝笑う猫〟？

「ラルフ・ダックワース陣営と繋がりがある工作員かと思っていましたが」

「いや。むしろファガーソン側かもしれないぞ。『英雄の日記』の件は、結果的にはファガーソンに利があったんだから」

混乱する。「何者なんだ」とうめいた未森の傍らで、秋が立ち上がった。

「とりあえず未森はまり明さんに連絡を。二人を『中に入れるな』と。俺はＩＣＰＯに連絡を取る」

「……いえ」

が、スマホを取り出しかけた未森の手が止まる。「未森？」秋が覗き込んできた。

「どうした。早く」

「いえ。むしろ、あの図書館に来てくれたほうが好都合じゃないですか」

「え？」

「偽ＩＣＰＯ局員の時はわざと外に出しましたが、中に入れて出さないようにすればば」

「だが、あの女、何をするか分からない。肝心の『水底图书馆』も見つかっていないんだぞ。そんな状況で彼女を中に入れたら、何が起こるか予測がつかない」

顔をしかめた秋を振り向いた。秋の眉根がぴくりとひくつく。

「考えがあります」


未森が水底図書館に戻ると、ちょうど美玲とまどかがまり明に先導されて図書館内に到着したところだった。まどかは「此原恵」に扮しているため、ショートカット姿になっている。一方の美玲は昨日空港で会った未森が司書だと知って驚いた表情になった。

「秋はこの図書館の皆さんとも知り合いだったのですね……？」

そう言って面々を見回した美玲の目は、今この場にいない秋を捜しているかのようだった。緊張した顔は白さがより引き立ち、青みがかって見えるほどだ。その白さの中で目立つ切れ長の目が、みるみる潤む。

「ミズ・ゴシキを突き飛ばしたのは私です。まだ目が覚めないと聞きました。本当に申し訳なく思っています……！」

小さく頭を下げた美玲の目から涙がこぼれ落ちる。まどかが労わるように彼女の肩に腕を回した。

突然の告白に母と祖父母は戸惑ったようだった。まり明が夢二のスマホを目の前に差し出して言う。

「これは館長の五色夢二専用の携帯電話です。先代から番号も同じ、ここにかけてくるのはごく限られた人のみ。あなたも今、この番号にかけてきました。あの日もそうだったのですか？　この番号に直接電話をかけて、ここで会う約束をした？　王美玲さん」

美玲が頷く。事件後、未森たちが確認しても怪しい番号の通話履歴は残されていなかった。連絡があった時点で夢二自身が履歴を削除したと思われる。

「あの日、何があったの？　話してもらえますか」

綾音の穏やかな声音に、美玲は小さく頷いた。

「祖父の王国雲は、この図書館に『水底图书馆』という本が収蔵されていると知り、衝撃で寝込んでしまったのです。彼はかつて……許されないことをしました。代表作『Underwater Library』は……唐明泰氏の『水底图书馆』の盗作です」

「盗作」母と祖父母が顔色を変える。

「もちろん擁護できません。彼の行為はひどい裏切りです。友人であった唐や李にした仕打ちだけではない、彼の小説を愛する読者も、そして孫の私をも裏切った」

語る美玲の頬にはうっすらとした赤みが差し、語調も確かになってきた。彼女の覚悟のほどが窺える。

「祖父はいつか誰かが『水底图书馆』を閲覧し、自分の『Underwater Library』が盗作だと言い出すのではと怯え切っていました。過去の自分に、八十の齢を過ぎた自分が追い詰められているのです。ええ自業自得です。分かっています。でも、それでも……私は祖父を助けたかった」

そこまで一気に話した美玲が声を詰まらせた。けれどすぐに「いいえ」とうめくと、再び涙をこぼした。

「いいえ。これは体のいい言い訳です。私も怖かったのです。盗作作家の孫と指さされることが。王国雲の孫ではあるが、私は私だ。特別視しないでほしい。ずっとそう思って生きてきたつもりでした。けれど……祖父が盗作したと分かった時、私は、私自身が足元から崩れる気がしました」

「……」

「私は王国雲の孫だ。その思いが、どれほど自分を支えていたのかを思い知りました。なんと小さい人間か。そう気付いたら、つらくて、怖くて」

ずっとこの思いを抱えていたのか。秋に告げることもできず。大切に想えば、想うほど。

「だから私は『水底图书馆』を買い取ろうと決心しました。祖父のところにきた唐氏の手紙にあった館長の電話番号に電話をかけました。私と変わらない年頃の女性の声が電話に出た時は本当に驚きましたが」

「それが二か月前……ちょうど、夢二が七代目館長に就任して、まだ日も浅い頃ね」

まり明が小さくつぶやく。

「最初は素性を隠し、『水底图书馆』を見たいとお願いしました。とにかく、〝本〟を確認しないことには始まりません。けれどすぐに、ミズ・ゴシキは私の素性に気付いたようでした。司書の皆さんもいない早朝に会うことを約束してくれたのです」

祖父母と母がそっと顔を見合わせた。

「来日した私は、言われた通り早朝の東京駅の地下で彼女と待ち合わせました。初めてこの図書館に入った時の興奮は忘れられません。ああ、こんなことでなく、堂々と、真正面からこの図書館に入れたらよかったのにと……今でも思います」

「……」

「ミズ・ゴシキはこの図書館の中で私と向かい合い、言いました。〝『水底图书馆』のことは先代から聞いている〟。そしてこうも言いました。〝確かに、『水底图书馆』は当図書館に開架してあります〟」

「えっ？」未森だけでなく、まり明たちも声を上げた。

「開架？　すでに閲覧できる状態だということ？　そんなバカな」

「いいえ本当です。きっと『水底图书馆』にまつわるすべてのしがらみをご存知だったのでしょう。ただ……ミズ・ゴシキはやはり私には見せられないと思ったようです。だからあんな、ひどい――」

その瞬間を思い出したのか、美玲が声を詰まらせ、泣き出した。未森たちは呆気に取られてしまう。

許せない。秋に〝赦し〟を示してくれた女性が放った言葉。

「一体何が？　あの夢二が、あなたを激昂させるほどの何をしたというのですか？」

「み、ミズ・ゴシキは、〝『水底图书馆』はあそこにある〟と指さしたのです」

「えっ？　そ、それはどこですか」

美玲が館長席側へと通路を歩き出した。全員が困惑の面持ちで後に続く。

「あそこです」

彼女が指さしたものを見て、未森はぽかんと口を開けた。

それは館長席の傍らに置いてあるゴミ箱……『芥匚』だった。

「芥匚……？　そ、そんなバカな」

まり明が駆け寄り、中を漁る。が、すぐに首を振った。

「不要になった紙ゴミだけ。本なんか入っていない」

「本当に夢二はあの芥匚だと指さしたんですか？　館長席でもなく？」

「はい。これはなんだと訊いたら、『ゴミ箱だ』とあの人は言いました」

苦しげに頷いた美玲の瞳から涙がこぼれ落ちた。

「あんまりだと思いました。この人は、お前の祖父はゴミだと言っている。アッカーソン賞を受賞した『Ｕｎｄｅｒｗａｔｅｒ　Ｌｉｂｒａｒｙ』は盗作だ。〝本〟などではない、ゴミなのだと」

「……」

「許せない。そう思った時には、あの人を力の限り突き飛ばしていました。ミズ・ゴシキは後ろに大きくよろけてしまい、その勢いのまま、後頭部からあの書見台に――」

わっと美玲が泣き出した。

「た、倒れて動かなくなった彼女を見て、わ、私、怖くなって、彼女のポケットから鍵を盗って」

激しく嗚咽すると、その場に頽れる。まどかが跪き、その肩を抱き寄せた。が、未森たちは呆然と立ち尽くしたままで身動きできない。

あの夢二がそんな言動を取るとは思えない。

これはどういうことだ。『水底图书馆』は存在するのか？　しないのか？

美玲の泣き声だけが館内に響く。それに呼応するように、図書館を包む水がゆらゆらと揺れた。

すると、彼女の肩を抱くまどかが、ぽつりとつぶやいた。

「ゴミ箱の中に『水底图书馆』が……？　バカにしてんのか」

次の瞬間、彼女の袖口からナイフが滑り落ちてきた。「しまった！」小次郎が踏み出す。が、彼の手をすんででかわしたまどかが刃先を美玲の首筋に突き付けた。そのまま彼女を強引に引きずって後ずさる。「メグミッ？」美玲が涙に濡れた目を大きく見開いた。

「お前……やはり〝笑う猫〟！」

厳しい顔つきになったたまり明が叫ぶ。〝笑う猫〟。ふんとまどかが鼻を鳴らした。

「あぁら。司書の皆さんの間では、とっくに情報が共有されていたというわけ？」

「メグミ、何を、なぜ」

「世間知らずのお嬢ちゃん。素敵な情報をたくさんたくさんありがとう。お礼に私たちからも贈り物をあげるわね」

「……」

「破滅。王国雲はもう終わりよ」

そう言うと、未森たちに向かって叫んだ。

「さあ！『水底图书馆』を出しなよ」

「だからそんな〝本〟はない！」

まり明が毅然と言い返す。が、まどかは鼻でせせら笑った。

「王の孫には渡せないからって下手な芝居してんだろ？『水底图书馆』はどこだ！」

らちが明かない。そうしている間にも、刃先が美玲の首筋に食い込んでいく。未森はため息をついた。

「――分かった」

未森の低いうなり声に、母と祖父母が緊張の面持ちで振り返った。

「分かった。『水底图书馆』は確かにここにある」

「未森？」

「あそこだ」

天を指さした。はるか頭上にあるガラス張りの天井。この図書館を包む水がゆらゆらとたゆたいながら蠢いている。生き物のように。

まどかの注意が、ほんの一瞬上方へとそれた。その瞬間。

書架の間から人影が飛び出してきた。その身体が半回転し、ぐんと伸びた脚がまどかの首筋に打ち込まれる。衝撃に吹っ飛んだ美玲をすかさずまり明が抱き止めた。まどかはよろけはしたものの、さすがの体幹で崩れることはなく、続いて繰り出された蹴りをかろうじて腕で食い止めた。

が、まどかの反撃はそこまでだった。腕を取られ、手首を内側へとひねられた瞬間、ただそれだけの動きなのに「うっ」とうめいて床に組み伏せられてしまう。

「……秋」

まり明にすがるように抱き付いていた美玲が目を見開く。

書架の陰から飛び出してきたのは秋だった。「ハア?」まどかが盛大に顔をしかめる。

「あんた、どうやって」

「企業秘密」

シレッと返した秋が、一つの小さい鍵を未森のほうに投げて寄越した。未森は表面上こそ平静を装ったものの、内心胸をなで下ろした。

夢二の私室にあった扉は図書館に通じていた。未森はおろか、現館長の夢二も使ったことがない。先代の夢二も数回使っただけの地下通路だ。図書館には周囲の主要施設と繋がっている通路がいくつかあるのだが、そのうちの一つなのだ。秋が投げた鍵は、夢二の鍵束の中にあった通路に通じる扉の鍵だった。

まどかが歯ぎしりして暴れようとする。そんな彼女をさらに押さえ込み、秋は訊いた。

「お前……〝笑う猫〟の一味か。お前らの目的はなんなんだ？」

目を血走らせた女の顔つきは、すでに『六海まどか』ですらなかった。

「秘された場所にある〝本〟ばかりを予告して盗む……お前らのやり方には強烈な〝意志〟を感じる。お前らはなんのためにこんなことをしている？」

問いかける秋をまどかがじっと見上げる。血走った目がかすかに細められた。

「……〝夢の図書館〟を造るんだ。哀れな〝本〟を救い出して」

「哀れ……？」

「金や権力を持ってるだけの間抜けなカバ、知恵があると思い込んでる傲慢なサルのみが見ることを許されている、そんな哀れな〝本〟だよ。あのお方は、その〝本〟を本当に必要としている人たちに見せるため〝夢の図書館〟を造っているんだ！」

「あのお方……？　誰だそれは。それが〝笑う猫〟の首領なのか」

答える代わりに、キャハハハハと狂ったようにまどかが哄笑した。その耳障りな声にぞっと肌を粟立てさせながらも、未森はうめいた。

「ＩＣＰＯがもうすぐ来る。君は逃げられない」

「はん。私がなんの手も打たずにここに来たと思うの？」

何？　一同が眉をひそめた時、軽い電子音が鳴り始めた。携帯電話の呼び出し音。困惑した顔で互いを見るが、やがてその音はまどかのスーツのポケットで鳴っていると分かった。「出てよ」不敵な態度でまどかが秋を見上げる。

「早く。でないと、あんたたち後悔するよ」

束の間、秋はためらったが、すぐに彼女のポケットに手を入れて端末を取り出した。顔をしかめ、画面をタップする。未森もあわてて彼の背後に回り、その画面を見た。

メッセージアプリのビデオ通話の画面だった。暗がりに包まれた屋内が映っている。壁の白さ、非常灯や長い廊下の両脇に並ぶスライドドアを見た未森は息を呑んだ。

「千木良病院？」

「えっ！」まり明、綾音と小次郎も画面を覗き込む。

まどかがにやりと笑った。

「分かった？　あんたらの大切な夢二サンのところ。今、私の仲間がいるの。もちろん、ここの会話は全部筒抜け」

彼女の身体のどこかにマイクが仕込まれているということか。

「さあ。『水底图书馆』を出しなよ。でないと今度こそ夢二が目覚めなくなるよ」

「待て……！　本当に知らないんだ。『水底图书馆』という〝本〟はここにはない！」

「嘘つけ！　唐本人、夢二が『水底図書館にある』と断言しているんだ。ないはずがない！」

その間にも、画面の中はどんどん夢二の病室に近付いていく。

「言っておくけど、これあらかじめ録画した動画とかじゃないからね。リアルタイムだ。ねえ！」

とたん、画面にナイフを握った男の右手が映り込んだ。リアルタイムだ。千木良病院にいる不審者は、ビデオ通話にしたスマホを構えて、今まさに夢二の病室に近付こうとしているのだ。

「ほら。病室。一番奥のベッドでしょ。ほら、もう目の前よ。カーテンを開くわ……」

まどかの声に誘導されるように、画面はどんどん夢二の病室に、そしてベッドへと近付く。未森は「やめろ」とあえいだ。

「本当なんだ……本当に『水底图书馆』はないんだ！　だからやめてくれ！」

カーテンが開かれた。ベッドに横たわる人影がぼんやりと浮かび上がる。

「すばる……！　起きて！」

我を忘れたまり明が夢二の本名を叫んだ。しかし無情にも、画面は舐めるように夢二の足元から映していく。青ざめた一同を見回したまどかが「チッ」と舌打ちした。

「どうあっても『水底图书馆』のありかを教えないつもり？　じゃあまずは……そうね、顔とかどうかな。女の子の顔に、でっかいバツ印の傷痕とか超クールじゃない？」

ナイフを持った手が白い布団をまくり上げた。「やめろ……！」未森が叫んだ時だ。横たわっていた人物がばね仕掛けのように飛び上がった。画面が大きく揺れる。そのまま真っ暗になってしまった。それでも何かが激しくぶつかる音、倒れる音、うめき声が端末から聞こえてくる。未森は秋の手から端末を奪い、大声で呼びかけた。

「夢二？　夢二！　何があった？　返事をしろ！」

「じゃじゃーん！」

とたん、能天気な声が響き渡った。「えっ」未森は端末を落としそうになる。あわてて持ち直し、画面を見て息を呑んだ。

若い女性の満面の笑みが映っている。が、それは夢二ではない。

「……カノン」

『来来』の店員カノンだ。思いがけない展開に一同がぽかんとする。

「こっちは大丈夫！　イエーイこちら院長の千木良美緹ちゃんで～す。ピースピース」

画面が揺れ動いたと思うと、若い男を取り押さえている千木良の姿が映った。無表情にピースする。「ミホちゃん」まり明が呆気に取られた表情でつぶやいた。

「じゃあ、すば……夢二は無事なのね？」

「当たり前だ。っていうかまり明ちゃ、いや、まり明さん。ミホちゃんはやめろとあれほど」

「ありがとうミホちゃん！　さすがだわ、本当にありがとう！」

夜目にも分かるくらい、千木良の顔が真っ赤になった。「ミホちゃん～」とけたけた笑うカノンの声が端末からもれ出てくる。「おい、夜の病院だぞ」と秋が呆れた声を出した。

再びカノンの顔が大きく映る。にっこり笑った。

「はいっ。以上、千木良病院からの中継でした！　あとはそちらにお返ししまぁす」

そう言うと通話が切れる。未森たちだけでなく、まどかまでが啞然としたままだった。

「な、なんでカノンが病院に……」

「私が頼んだの」

透き通った声が上がった。全員がはっと声のほうを見る。

大理石の床を、カツ、カツ、と叩く音がする。程なく、館長席側の書架の陰から二人の人物が現れた。一人は杖をつき、もう一人の人物の腕に摑まって歩いている。未森は息を吞んだ。

杖をついて歩いているのは、七代目館長の五色夢二だった。

「……夢二」

さらに夢二を支えている長身の男は警察官の制服姿だった。未森は目を丸くした。父の灘拳（けん）だ。肩書きは皇宮警察警備局警衛課長。ここ水底図書館を管轄する国内唯一の警察組織である。

「い、いつ？　いつ目が覚めた？」

急展開に頭が追いつかない。まり明が館長席にすっ飛んでいき、椅子を持ってきて彼女を座らせた。やはり痩せた。が、顔色は悪くない。未森を見て、申し訳なさそうに「昨夜」と小首を傾げた。

「昨夜、未森が帰った後。気付いたらベッドの上だった」

「こんな急に動いたりして平気なの？　い、言ってくれれば迎えに行ったのに！」

「筋力は落ちちゃったけど……ああ、千木良先生はすぐにみんなに連絡を入れようとしたんだよ。だけど私が待ってもらったの」

「なぜ」未森は眉をひそめた。

「美玲さんのこと……王国雲のことがあったから。どうすればいいのか分からなかった。少し冷静になりたくて」

館長に就任したとはいえ、二十三歳の若者だ。世界的作家の盗作、その経緯の悲しさと複雑さ、悲嘆した孫による自分への傷害――これらが公になった時、周囲に与える影響のすさまじさは確かに想像するだけで恐ろしい。呆然としていた美玲も身を震わせた。

「その代わり、まずはカノンちゃんに連絡してもらったの。彼女なら図書館とのパイプ役になってくれる。〝笑う猫〟から『水底图书馆』を盗むという予告が入ったことは、千木良先生が教えてくれた」

そこで夢二が一息つき、続けた。

「『水底图书馆』の開架を知るのは私だけ。こうなると、〝笑う猫〟は千木良病院にも近付くかもしれない。そう言ってカノンちゃんが私の身代わりを申し出てくれたの。〝笑う猫〟の一件が収まるまで、別の場所に身を隠せって」

「ちょうど今日から俺の部下を配備しているとはいえ、カノンちゃんも美緹も無謀だよ。賊をわざと入れるなんて。何ごともなかったからいいようなものの」

「私の鍵は盗られちゃったから。次に連絡を取ったのが拳おじさんだったの」

顔をしかめた拳の手には鍵があった。館長席側の出入り口のものだ。

夢二が真剣な顔で灘家の面々を見回した。

「目が覚めた時は怖気づいたけど……もう大丈夫。私は水底図書館の七代目館長、五色夢二。ここに収蔵された本すべてを愛し、守る義務がある」

そう言うと、夢二は真っ直ぐ美玲を見た。

「王美玲さん。先日は私の説明不足でした。あなたを混乱させてしまった」

美玲が唇を震わせる。夢二がゆっくり立ち上がった。すかさず、拳が彼女の支えになり、一緒に歩いていく。ほかの面々、まどかも秋と未森に両側から挟まれる形で付いてきた。夢二の向かう先は、やはり館長席だった。芥仁のそばに跪き、中をかき回し始める。

「これが、唐明泰が六代目五色夢二に託した『水底图书馆』です」

一同は驚愕して立ちすくんだ。「これがぁ？」まどかが素っ頓狂な声を上げる。

夢二の手には、古びた紙が数枚あるだけだった。Ａ４用紙ほどの藁半紙(わらばんし)が二つ折りにされて重ねられている。確かに書かれているのは現代中国語のようだ。が、鉛筆で書かれているそれらは掠れてほとんど見えておらず、原文を確認するのは難しい。

あまりのことに、美玲はぱくぱくと唇を動かした。

「ほ、本ではなく、ただの紙だった……？」

「そうです。おそらくここにいる全員が一般的な仕様の本を想像していたのでしょう。ですが、唐明泰が五色夢二に預けた〝本〟は手書きの数枚の紙だったのです」

困惑した面持ちで綾音が口を開いた。

「なぜ？　なぜそんなところに？」

「唐本人がそう望んだからです」

　夢二の声にぴんと張り詰めた芯が宿る。まだか細いが、それでも決して折れない強さを感じた。

「六代目五色夢二は五十年代にアメリカに留学していました。その際、唐や李春海とも知り合ったのです。まだ館長に就任していなかった彼は、水底図書館について話したことがあったようです。唐は夢二の話にインスピレーションを受け、『水底图书馆』を書いた」

「……」

「ですが約十年後の文革期、唐は弾圧され、李は行方不明になりました。それでも、後年になって唐のほうは消息を摑めたようです。細々とではありますが、二人は交流していた。そんな唐が半年ほど前に夢二に宛てて送ってきたのがこの『水底图书馆』です」

　全員の目が、夢二の手にある数枚の紙に注がれる。

「『これは俺の人生そのものだ。お前がもしもふさわしいと思うなら、俺の死後、この〝本〟を水底図書館に収蔵してほしい』……おそらく、唐は自身の死期を悟っていたのでしょう。ですがご存知の通り、先代夢二もその頃すでに病床にありました。そしてちょうど唐が亡くなったと思しい時期に、彼もこの世を去りました。そんな彼から次期館長として私が受け継いだ膨大な古書籍の中に、この『水底图书馆』もあったのです」

「……」

「六代目夢二はこの『水底图书馆』を立派な〝本〟と認めてここ水底図書館に収蔵することを望んでいました。しかも、開架方法は唐の強い希望を容れて」

「それが……ゴミ箱の中……？」

「はい」夢二が大きく頷いた。

「唐は『水底图书馆』という短篇を私家本として出しました。けれど、文革期にそれらはすべて焚書され、果ては小説を読むことはおろか、書くなど決して許されなくなった。〝物語〟はことごとく否定された。それでも彼は……粗末な紙と鉛筆を必死の思いで手に入れ、送り込まれた農村の納屋で書き綴ったのです。再び『水底图书馆』を」

「手抄本」秋がつぶやいた。

「若梅先生から聞いたことがある。弾圧された作家たちが文学を共有するために、しばしば手書きの紙を回し合って読んでいたと。これが、その〝本〟」

「そう。唐たちは見つからないよう、ゴミ屑の中にいつもこの〝本〟を潜ませていたそうです。彼らは過酷な時代にあっても手書きの物語に没頭し、自らを慰めていた。だから唐は、『同じようにゴミ箱の中に入れてほしい』と夢二に頼んだのです。『豪華な装幀、重厚な書架などクソくらえだ。そんなところに本物の物語はない。本当の、血を吐くような、胸を掻きむしるような物語は捨てられ、踏みにじられた場所にある。だから『水底图书馆』は、かの有名な水底図書館のゴミ箱の中に入れてくれ。もしもこの望みを聞いてくれたら、俺は胸を張って自分の人生が素晴らしかったと言える――』」

沈黙が落ちる。それは唐の本心だったのか。強がり、自虐、虚栄もあったのではないか――？　それでも、古びた〝本〟から彼の葛藤が伝わる気がした。未森は震えた。

〝物語〟。

「唐は自分の死後、水底図書館にも手紙を出すよう頼んでいたようなのですが……どういう手違いか、私のもとにその手紙が着いたのはあの事件のわずか二日前だったのです。先代、そして唐自身が望む開架をしなければと思っていたところに、美玲さんからこの『水底图书馆』を見たいという連絡が直接きた。あの時点で、この〝本〟を知るものは限られている。だから、私はすぐに美玲さんが王国雲の関係者だと分かりました。王と『水底图书馆』についての関わりは、先代からそれとなく聞かされていましたから。でも――」

末森たちがこの〝本〟の存在を知らされる前に、夢二は倒れてしまったということか。

夢二がゆっくりと美玲を振り向いた。

「亡くなる間際の唐が王国雲に手紙を出したのは、決して脅迫などではなかったのではないかと私は思います」

「……」

「本当に純粋に、最期に誇りたかったのではないでしょうか。俺の『水底图书馆』は水底図書館に収蔵してあるんだぞと」

言葉もなく美玲が立ち尽くす。夢二の言葉が、衝撃となって彼女を打ちのめしているのが分かる。

確かに、脅迫に使うにしては、このぼろぼろの紙面に浮かぶ文字はほとんど読み取れない。生前の唐が声を上げたとしても、頭のおかしい男の妄言だと一笑に付されて終わったに違いない。

夢二の足がよろめいた。拳とまり明があわてて彼女を支える。「すぐに病院に戻らないと」というまり明の言葉に、夢二は弱く笑って頷いた。それから美玲を見る。

「事を荒立てるつもりはありません。私にも落ち度がありました。ただ、王国雲の盗作については……なんとも言えません。比較できるものがないからです」

「……」

「あなたの、そして王国雲自身の判断に委ねます」

美玲の全身が震えた。彼女が負うにはあまりに過酷な荷。秋の顔もかすかに歪む。

その時、まり明の携帯電話が鳴った。電話に出たまり明がすぐに通話を切り、「ICPOが到着した」と告げる。拳がまどかを後ろ手にして手錠をかけ、連行しようとした。

「ねえ美玲！」突然まどかが声を上げた。美玲の肩がぎくりとはね上がる。

「いいこと教えてあげる。秋は李春海の息子よ」

えっ？　美玲だけでなく、未森も目を見開いた。秋が表情を変える。

『三剣士』の一人、李春海。秋が彼の息子？

「あんたのジイさんが『反革命的』『資本主義の妖怪』って告発した男だよ！」

「秋が……？　秋が、李春海の息子……？」

愕然とした表情で美玲が秋を振り返る。秋は立ちすくんだまま言葉もない。

「笑っちゃう。秋は最初からあんたの素性なんかとっくに知ってたんだよ。あんたに親身な振りをしたのは、王国雲の孫だから！　あんたらをいつか破滅させてやろうと近付いたんじゃないか。それをさあ、本気になって……キャハハハハ！　バカな子！」

拳に強引に押し出され、まどかが螺旋階段を上がっていく。まどかは笑い続けていた。ガラスの筒に反響した哄笑はいつまでたっても消えることがなく、図書館を包む水に、その声が毒となって溶け入っていく。

全員が押し黙っていた。重い沈黙に閉じ込められる。未森はガラスの図書館を包む水を見上げた。酸素があるのに、溺れそうだ。

すると、美玲が開かれたままの門扉のほうへ駆け寄った。「美玲」秋が声を上げる。彼女が振り返った。潤んだ黒い瞳で秋を見つめ返すと、小さく唇を動かした。

「さよなら」

そのまま門扉を潜り、螺旋階段を駆け上がっていく。すかさず綾音が追いかけた。

螺旋階段の途中にある門扉は、鍵がなければ通れない。

こんなに地底深く埋もれた場所なのに。人目になど触れられないところにあるのに。

それなのに人の業、悲しみや苦しみは絶えることなく行き交う。

ここが図書館だからなのか。ふと、ラウラの言葉を思い出した。

図書館。永遠に完成しない森。

人間そのもの。

夜の東京駅の駅前広場はライトアップされ、華やかな中にもこの国の心臓部らしくどこか厳粛な雰囲気があった。未森はベンチに座る彼の姿を見つけ、無言で隣に座った。予想していたよりずっと夜気が冷たい。隣り合わせた男からほのかなぬくもりを感じながら、黙って座り続けた。

「『水底图书馆』のことは、確かに李春海から聞いたことがあった」

やがて、煉瓦の赤色が美しく映える駅舎を見上げ、秋がつぶやいた。

「幼い俺に李春海は言った。〝『三剣士』のうち、何十年も前にアメリカ留学できなかった王だけが、今アメリカで活躍している。人生とは皮肉なものだ〟――」

「……」

「だから王国雲が『Ｕｎｄｅｒｗａｔｅｒ　Ｌｉｂｒａｒｙ』を発表した時はすぐにピンときた。この小説は、かつて唐明泰が書いた〝物語〟なのではないかと」

「『水底图书馆』……」

「守りたかった」

ため息をつくように、秋が言葉を漏らす。

「あらゆる困難から。これは本当だ」

それきり黙り込む。王国雲、唐明泰、そして李春海。仲が良かったはずの『三剣士』が、時代の変遷に翻弄されて辿ったそれぞれの人生。

文革期に農村から逃亡し、そのまま行方不明になった李春海に何があったのか。秋が彼の息子だというのは真実なのか。分からない。

「六海まどかは気になることを言っていましたね」

けれど、未森はまったく違うことを言った。

「〝夢の図書館〟。こんな構想を持つ〝笑う猫〟の首領とは、一体何者なのか」

「……」

「だけど正直に言えば、僕は少しだけ共鳴しました。一部の人間だけが見ることを許される哀れな〝本〟を、本当に必要としている人たちのために見せる場所――」

だが水底図書館にとっては、これが難しい。

図書館計画の始まりは明治時代に遡る。新たな帝都を建設するにあたり、知の中枢として水底図書館……『最重要秘匿帝都書庫』の建造は計画された。その上で用途は書庫のみならず、先々の情勢を見据え、やんごとない方々のシェルターとして造られたのだ。

水底図書館は地下に網羅されている水路の線上にある。さらには皇居と繋がっている地下通路があり、有事の場合はこの方舟の形をした図書館に乗って周囲の堰を破れば、水路に乗って海へと出られるよう設計されていた。とはいえ、もちろんこれはすべて明治時代の話だ。

ただし、今でもこの図書館と海を繫ぐ線上に線路や地下施設は一切ない。一部では、これが謎の地下空間として様々な憶測を呼んでいる。いざとなれば、機能しないわけでは決してないのだ。

地面の上にいくつもの歴史を積み重ねてきた街、東京。そんな現代の東京においても、この図書館の設計は生きているのである。海へと漕ぎ出すよう設計され、水路を巡らせた地下深くに埋め込まれた——水底図書館。

すると、秋がぽつりと口を開いた。

「難しいぞ。性格上、この図書館を今以上に開くのは。戦後に図書館として一般人の出入りを許可するまでにも、歴代の五色夢二たちが交渉を重ねてきたと聞く。オークションを開くようになったのも、蔵書内容の独立性を目的に運営資本を自ら得るためだ」

「分かってます。けど、僕と夢二は、さらに変えていきたいと思っている。水底図書館を、人々に開かれた場所にしたい」

「なぜ?」

秋の問いかけに、未森は彼の顔を見た。

「なぜ、お前は〝本〟を人々に手渡す?」

じっと彼の顔を見つめた。今、この瞬間にも互いのページに文字が刻み込まれている。

なぜ？　なぜ自分は人々に〝本〟を届けたいのか？

「――〝物語〟を共有したいんです」

その言葉を口にした瞬間、秋の中に吹いている風を感じた気がした。彼の瞳が未森を捉える。暗く沈んでいた色合いに、かすかな光が宿った。と思ったとたん。

秋がさっと立ち上がった。トレンチコートの裾をひらりと翻し、きびすを返す。

「バイ！　未森」

「えっ？」

「ブラチスラバの古書店から、ずっと探してたカフカの『観察』の初版本が入荷したって連絡が入ったんだ。古書籍は水物だからな。早く行かないと、蜃気楼になっちまう！　だから俺は追いかける。じゃあな未森、また会おう。水底図書館で！」

「えっ、ちょ、ちょっと！」

あわてて立ち上がった未森に背を向け、秋が颯爽と去っていく。未森はぽかんとした。彼の姿が赤煉瓦の駅舎の中へと吸い込まれたとたん、『女王のレシピ』から始まるここひと月ほどの激動が夢の中の出来事のように思えてきた。

今までのことは現実だったのか？　それとも、〝物語〟？　ふと、駅舎を見上げた。貝塚秋という男は実在していたのか。いいや、この東京駅も。これは〝物語〟の中にある東京駅なのでは？

「……」

目を閉じた。頭の中で三つ数える。

そうして目を開いた時に見えるものは——

「三……二……一——」

パタン。

〈参考文献〉

『図書館巡礼　「限りなき知の館」への招待』著：スチュアート・ケルズ　訳：小松佳代子（早川書房）
『本を愛しすぎた男―本泥棒と古書店探偵と愛書狂―』著：アリソン・フーヴァー・バートレット　訳：築地誠子（原書房）
『図説　本の歴史』編：樺山紘一（河出書房新社）
『本の歴史』著：ブリュノ・ブラセル　監修：荒俣宏（創元社）
『東京駅歴史探見　古写真と史料で綴る東京駅90年の歩み』著：長谷川章・三宅俊彦・山口雅人（ＪＴＢ）
『東京駅の履歴書―赤煉瓦に刻まれた一世紀―』著：辻聡（交通新聞社）
『森鷗外の「帝都地図」―隠された地下網の秘密―』著：秋庭俊（洋泉社）
『明治の東京計画』著：藤森照信（岩波書店）
『ノストラダムス―予言の真実―』著：エルヴェ・ドレヴィヨン　ピエール・ラグランジュ　監修：伊藤進　訳：後藤淳一（創元社）
『ノストラダムス　予言集』校訂：Ｐ・ブランダムール　編訳：高田勇・伊藤進（岩波書店）
『レオナルド・ダ・ヴィンチ　上・下』著：ウォルター・アイザックソン　訳：土方

奈美（文藝春秋）
『レオナルド・ダ・ヴィンチ―手稿による自伝―』著：裾分一弘（中央公論美術出版）
『レオナルド・ダ・ヴィンチの世界』編著：池上英洋（東京堂出版）
『ブラック・ホークの自伝　あるアメリカン・インディアンの闘争の日々』著：ブラック・ホーク　編：アントワーヌ・ルクレール　訳：高野一良（風濤社）
『アメリカ・インディアン　奪われた大地』著：フィリップ・ジャカン　監修：富田虎男（創元社）
『アメリカ合州国』著：本多勝一（朝日新聞出版）
『文化大革命』著：矢吹晋（講談社）
『雲夢沢の思い出―文革下の中国知識人―』著：陳白塵　訳：中島咲子（凱風社）
『文豪老舎の生涯―義和団運動に生まれ、文革に死す―』著：舒乙　編訳：林芳（中央公論社）
『声無き処に驚雷を聴く―「文化大革命」後の中国文学―』著：高島俊男（日中出版）

本書は書き下ろしです。

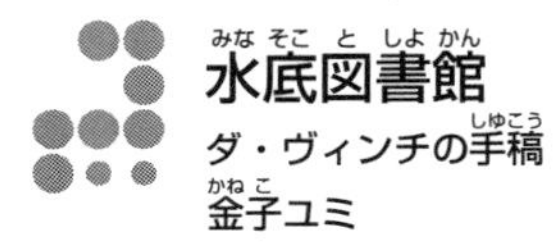

水底図書館

ダ・ヴィンチの手稿

金子ユミ

2022年1月5日初版発行

発行者……千葉 均
発行所……株式会社ポプラ社
〒102-8519 東京都千代田区麹町4-2-6

フォーマットデザイン 荻窪裕司(design clopper)
組版・校閲 株式会社鷗来堂
印刷・製本 中央精版印刷株式会社

ポプラ文庫ピュアフル

ホームページ www.poplar.co.jp

N.D.C.913/295p/15cm
ISBN978-4-591-17223-0
P8111324